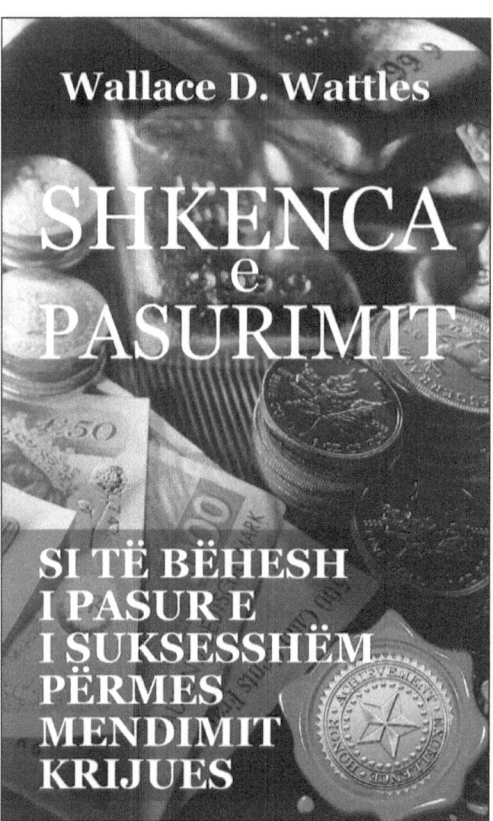

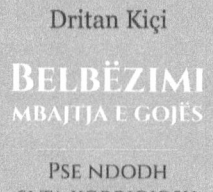

REVISTA ✦ LETRARE

Shtëpia e letërsisë shqipe

Verë, 2022

REVISTA  LETRARE

Botuese   Ornela Musabelliu
Kryeredaktor   Arbër Ahmetaj
Redaktore e përkthimeve   Eleana Zhako

Dritan Kiçi, CEO
ACC VZW - BE722862311
Revista Letrare ®
https://www.revistaletrare.com
info@revistaletrare.com

Revista Letrare - Verë, 2022
ISSN 2736-531X-20211
ISBN 978-2-39069-007-8

© Revista Letrare zotëron gjithë të drejtat e botimit, dhënë nga autorët dhe mbajtësit e së drejtës së krijimeve dhe artikujve të botuar online dhe në print. Ndalohet ribotimi në çdo version pa lejen e cilësuar të mbajtësit të së drejtës.

© Botimi i Revistës letrare në print mundësohet nga
RL BOOKS®
https://www.rlbooks.eu
admin@rlbooks.eu

Në kopertinë:
"Bebet në plazh", vaj në telajo
Bruno Kaleci, *2011*

LËNDA

Ornela Musabelliu: *Trëndafila mes qiparisave* 1
Daniela Xhani
   Iris 12
   Pos 12
   Eva 13
   Rrathë 13
   Gjasë 14
   Mandala 14
   Idem 15
   Asgjë 15
   Përgjatë 16
Dionis Prifti: *Ndërtesa me ëndrrat tona të njëjta* 17
Farough Farrokhzad
   Rilindur 21
   Pushtimi i kopshtit 23
   Më vjen keq për kopshtin 25
   Një dritare 29
   Ato ditë 32
   Kukulla me kurdisje 36
Sevdail Zejnullahu: *Faji në frymën e fundit* 39
Naun Shundi: *Intervistë* 49
Kiki Dimoula
   Ngurrim ndjenjash 59
   Njëjtë me yjet 60
   Ujku dhe kecat 61
Flurans Ilia: *Lufta e Tretë e Mamuthëve* 62
Sadik Krasniqi
   Porta e Luanit 68
   Pelegrini 69
   Jam gati 70
Rita Petro: *Intervistë* 71
Ervin Nezha: *Fjetëm aty* 79

Eli Kanina
E megjithatë diçka vlej 83
Pas javës së shiut... 84
Peizazh i vdekur me njerëz të gjallë 85
Pranvera 85
Luljeta Dano: *Viktori shkon të marrë Elenën nuse* 87
Zhaneta Barxhaj
Diell i gjakur 90
Unë e pashë Sizifin 90
Këpuckat 91
Nuk je 92
Gjontha 92
Belb 93
Shtojca e vetvetes 93
Caranët 94
Arkëmort pa kapak 95
Merri të gjitha 95
Në ty 96
Gjergji Mihallari: *Detyra e burrit* 97
Elias Fragakis: *Ode për një grua që e quajnë poezi* 106
Louise Gluck: *Averno* 111
Jake Allsop: *Aksidenti* 118
Grace Paley: *Nëna* 122
Jorge Luis Borhes: *Jug* 124
Agron Tufa: *Tregimi i Horhe Luis Borhesit, "Jug": variante interpretimi* 131

ORNELA MUSABELLIU

Trëndafila mes qiparisave

Njeri më të trishtuar se kopshtarin Xhonson nuk kishte hasur gjithë ditën përvëluese. Krista rastisi të kthehej në shtëpi pak përpara se dielli të gëlltitej nga një re e dendur, që u mbush e u nxi në pak minuta, sikur të ushqehej nga tymi i dendur i shpërthimit të beftë të ndonjë furrnalte.

Plaku kish veshur doreza të trasha gri, që i arrinin deri te llërat e përveshura, kominoshe blu të zbërdhulëta e një këmishë të hollë linoje, në ngjyrë rozë të çelët. Sa e pa gjitonen, vari gërshërët e mëdha në dorëzën e karrocës së mbushur me barërat e këqija, drejtoi me mund trupin e lodhur, vuri njërën dorë mbi ballin e djersitur e i fali një hënëz të hollë buzëqeshjeje, që shpejt iu shua mes rrudhave të fytyrës.

- Dikush po më vjedh trëndafilat! – i tha i trishtuar Kristës.

Zoti Xhonson me të shoqen, Laurën, jetonin në një pallat me Kristën. Në fakt, gruaja e re, rreth të dyzetave, ishte shpërngulur mbi ta vetëm një vit më parë. Jetonte vetëm. Edhe apartamenti i saj i përkiste pleqve Xhonson. Kishte tringëlluar orë e mirë për të dyja palët, me sa duket, që çiftit i ish mbushur mendja t'ia jepnin hyrjen me qira. Çuditërisht po, se as lajmërim nuk kishin nxjerrë kurrë e as nuk donin që dikush të vërdallosej në shtëpinë e të birit. Se si ua kishte mbushur mendjen ajo grua e hajthme, me ato sy si qelqe të veshur me avull, as asaj dite nuk arrinin ta kuptonin. Gjithsesi ishin të kënaqur, se Krista u ish bërë si vajzë. Shpesh u gatuante, u bënte pazaret, i ndihmonte për çdo gjë, mjaft që Kriku, siç e thërriste e shoqja, dhe Laura të hapnin gojën.

Në fakt, e gjithë ndërtesa ishte shtuar me tri kate dhe zgjeruar me dhjetëra apartamente nga të dy krahët mbi shtëpinë e vjetër të Xhonsonve, që datonte që nga 1930-a. Kjo ndodhi kohë më parë, kur David Xhonson, i biri, u diplomua për arkitekturë. Djali ideoi planimetrinë dhe u lidh me një firmë ndërtimi, duke shpalosur gjithë njohuritë e talentin. Dhe rezultoi një sukses. I shkathët e i zgjuar nga natyra – "kopja e së ëmës", thoshin të njohurit – ndërtoi një pallat të bukur, që e gëllititi banesën e tyre, por pa i prishur asnjë grimë planimetrisë së brendshme. Shtëpia kishte strukturë të ndryshme nga apartamentet e tjera dhe një kopsht të gjatë deri buzë rrugës, rrethuar me trëndafila e ligustra, që plaku i qethte me kujdes. Asnjë bimë nuk duhej të shtatej më shumë se një metër nga toka. "Laura ka nevojë të shohë njerëz e lëvizje", thoshte.

E shoqja lëngonte prej katër vitesh sa në karrocën me rrota, sa në krevat. Krik Xhonson kujdesej për të si për një foshnjë. E lante, e ushqente dhe darkave i lexonte libra, derisa gruan e zinte gjumi me një shprehje të papërcaktuar në fytyrë.

Krista vuante çdo dhimbje të tyre.

- Të kam thënë, nga aksidenti asgjë nuk është si më parë. Tani po më vjedhin edhe trëndafilat! – u ankua dëshpërueshëm Kriku. - Veç të kuqtë marrin, të preferuarit e Davidit.

- Ndonjë i dashuruar besoj... - u përpoq të bënte humor Krista dhe zhyti fytyrën në petalet e një trëndafili të kuq, që kish nxjerrë krye mbi murin e gjelbër të ligustrave. Erëmonte sa e dehu nga kënaqësia.

Kriku tundi kokën mendueshëm.

- Ashtu qoftë! – tha, ngriti dorën në shenjë përshëndetjeje dhe u përkul të kapte karrocën. – Bëjmë mirë të hyjmë brenda. Kjo re mbi kokë do ngashërehet shpejt në vaj.

Dhe vërtet, sapo Krista futi çelësin në bravë, një shkreptimë e fortë tundi pallatin. Qielli u nxi e shiu nuk mori frymë gjithë natën. Në mëngjes, me filxhanin e kafesë në dorë, hodhi sytë jashtë nga dritarja e kuzhinës dhe pa që qyteti ish zhytur në një blu të kristaltë, ndërsa kopshti i Xhonsonve që shtruar me petalet e hapërdara të trëndafilave. Iu kujtuan fjalët e djeshme të kopshtarit plak, që i qante zemra për trëndafilat. Edhe më shumë do trishtohej kur të shihte që një pjesë e mirë e tyre dergjeshin në tokë. Më mirë të buzëqeshnin për ca ditë në vazon e sallonit të një gruaje të dashuruar!

Plaku, me shpinën e kërrusur, që dukej se i rëndonte atij trupi të rrëgjuar nga vitet dhe hallet, mbathur një palë galloshe të mëdha, bariti mendueshëm në kopsht. U përkul ngadalë e mblodhi ca shkarpa e degë të këputura nga stuhia. Sikur e ndjeu që po e vëzhgonin. Ngriti sytë lart. Krista e përshëndeti me dorë e Kriku lëvizi lehtë kasketën, që i mbulonte atë kurorë të rrallë e të zbardhur flokësh.

***

Kur zbriti, plakun e gjeti po në oborr. Ajo jashtë rrethimit të gjelbër e ai zhytur në tokën e baltosur të kopshtit, folën për dreqin që ishte tërbuar natën dhe kthjelltësinë e atij mëngjesi të bukur.

- Po shkoj të bëj ca pazare, - tha Krista, kur pa taksinë e verdhë të afrohej. – T'ju sjell gjë sot?
- Jo, moj bijë, nuk kemi nevojë për gjë. Nuk i kemi mbaruar akoma ato që na solle para ca ditësh. Je shumë e mirë që kujdesesh për ne pleqtë, - ia ktheu Kriku e në sy i vetëtiu një lot mallëngjimi.
- Do vij nga pasditja. Kam bërë kek me çokollatë, siç i pëlqen Laurës, - tha.

Burri babaxhan i hodhi një vështrim përkëdhelës e qortues. U ndanë. Krista nxitoi për tek taksia. Sapo iu afrua, iu drodh toka nën këmbë. Dridhja iu përhap në gjithë trupin e iu shkarkua në duar. Me mund tërhoqi dorezën, hapi derën e hyri brenda. Në kokë ndjeu t'i fërshëllenin tinguj të tmerrshëm metalikë. I urrente makinat! Sa herë hipte, ndjente ankth. Djersët e të dridhurat e shoqëronin gjatë. Preferonte të ecte në këmbë ose të përdorte transportin publik.

***

Laurës i ngelën sytë te karfica vezulluese në jakën e këmishës së bardhë të Kristës: një kerubin i kaltër, me aureolën e dritës mbi krye, që përqafonte një zemër, dukej sikur luante kukafshehthi me flokët e artë të gruas. Pas çdo lëvizjeje të saj, engjëlli i vogël herë shfaqej e herë tretej në vjeshtën e derdhur mbi supe.

- Sa karficë e bukur, - tha plaka dhe u përpoq t'u jepte rrotave të karrocës, t'i afrohej Kristës, por krahët e tradhtuan. – Nuk ta kam parë më parë.

Ajo bijë e gjetur rastësisht në atë moshë të vonë, vuri dorën instinktivisht mbi karficë, a thua se do ia merrnin.

- Nuk e vë shpesh, - tha Krista me sytë e trishtë. - Vetëm një javë në vit. Nuk dua të më humbasë. E kam të shtrenjtë.

Pastaj u ngrit, shtyu karrocën e plakës drejt kuzhinës dhe me një zë të ëmbël tha:

- Koha të provojmë kekun me çokollatë. Në sy nuk duket keq.

E rregulloi Laurën pranë tavolinës me rimeso arre, çeli dritaren, nxori kokën jashtë e thirri:

- Krik, koha për zamër!

Plaku, që po mbillte për të shoqen ca dredhëza në krahun lindor të kopshtit, mbështeti njërën dorë mbi gju, tjetrën në tokë e u ngrit ngadalë, duke rënkuar. "Eh, nuk mëson kali revan në pleqëri, jo", tha me vete, duke nëmur gjunjët që s'e mbanin. Ashtu, duke u kalamendur me hapa të vegjël nga dhimbja e kockave, hoqi dorezat, i la mbi parvazin e gurtë të shatërvanit të vogël në mes të oborrit, fshiu krahët pas kominosheve e u nis për brenda.

- Diku ma vodhi veshi se kemi kek me çokollatë, - tha e qeshi, sapo vuri këmbë në kuzhinë.

Laura, që nuk ia shqiste sytë karficës, as që e dëgjoi. Shakasë së tij iu përgjigj veç Krista me një buzëqeshje të lehtë, teksa ndante ëmbëlsirën nëpër pjata.

- Këtë që ngeli, hajeni nesër, - tha dhe e futi në frigorifer.

- Shumë po na përkëdhel, moj bijë! – tha Kriku, ndërsa lante duart. – U mësuam keq me ty!

- Edhe ju të dy u treguat aq të mirë me mua. Që ditën që më dhatë apartamentin. E kujtoj si sot habinë kur ju trokita në derë. Sytë tuaj të çuditur, që herë shihnit njëri-tjetrin e herë mua, nuk i harroj. U mëdyshët ca, por të mendosh që nuk ia jepnit kujt...

- Eh, - tundi kokën plaku. – As e shisnim, as e jepnim. Davidi donte të jetonte aty kur të martohej. S'deshi fati ta gëzonte. Atë... edhe neve.

Një psherëtimë e gjatë mbyti gjokset e të moshuarve.

- Iku shpejt, i vogli i nënës, - u ngashërye Laura dhe vari kokën mbi gjoks. S'më mori mua zoti, donte atë.

Kristës iu nderën lotët në qerpikë, por i fshiu shpejt, pa u hetuar nga dy të pikëlluarit. Aksidenti i të birit ua kishte shkulur shpirtin, ndërsa Laurës i kishte marrë edhe këmbët. Një mbrëmje vonë, para katër vjetësh, ktheheshin të tre nga takimi me të dashurën e Davidit. Laura fluturonte nga gëzimi që më në fund i biri qe fejuar. Hera e parë dhe e fundit që e pa Stelën e tij të qeshur, të rrëzëllente nga lumturia. Në dalje të autostradës, kur sa do merrnin rrugën dytësore për në shtëpi, një makinë i goditi në krahun e shoferit. Aq e fortë qe përplasja, sa kofanoja e mjetit tjetër hyri deri te Laura, ulur në vendin e parë. Davidi vdiq në vend; e ëma u paralizua, ndërsa Kriku, ulur pas së shoqes, shpëtoi me ca gërvishtje të lehta.

- Edhe ata, të mjerët e tjerë...! – belbëzoi me gjysmë zëri Laura. Fjalët i pikonin dhimbje. – Ikën edhe ata bashkë me Davidin. Fluturuan. Nënë e bir. Djali kërthi. Vdiq në çast. E ëma pas ca ditësh. Ikën të tre.

- Ikën, - përsëriti automatikisht Kriku.

Dy petale të kuqe u shkëputën nga trëndafilat e vazos e ranë mbi bardhësinë e mbulesës së tavolinës, si dy lot gjaku. Gratë panë njëra-tjetrën. Laura ia nguli sytë sërish kerubinit të kaltër në karficën e Kristës. Tash edhe ai iu duk i trishtuar. Gruaja e re futi duart ndër flokë; një shtjellë e artë i mbuloi jakën e këmishës e bashkë me të edhe engjëllin e vogël.

***

- Eh, sot ta vjedhin hundën midis syve! Veç mos e gjetsha atë që m'i këput trëndafilat! – turfullonte Kriku nëpër shtëpi.

Laura, nga pas dritares që zbriste deri në tokë, kishte tretur sytë larg në horizont. Loja në ajër e një çifti harabelash e përmendi. E ndali vështrimin në fund të kopshtit, si të donte të kapte mat hajdutin e trëndafilave. Rruga përtej flinte, ndonëse mezi i ditës. Veç vrapimi i ketrave dhe rendja nëpër pemë pas lendeve prishnin qetësinë e lagjes. Qershori kishte trokitur i ftohtë. Burrë e grua i shtynin ditët brenda e grindeshin në heshtje me fatin. Kriku më pak. Përkujdesja për kopshtin dhe trëndafilat që pëlqente i biri, ishte terapi e mirë për të. Pas kësaj i kushtohej së shoqes. Ajo vuante më tepër.

- Nesër do shkojmë te djali, - tha Laura, pa i hequr sytë nga trëndafilat. – U bënë katër vjet...

Kriku afroi karrigen pranë saj dhe u ul mundueshëm. Ia fshiu me gishtat e rreshkur lotët që po i digjnin faqet, ia rregulloi cohën e leshtë që i mbulonte këmbët, i shkoi duart nëpër flokët e hollë e të gjatë, varur supeve, por nuk foli. Hodhi edhe ai vështrimin nga dritarja e... hop, kërceu si ta kish pickuar grerëza.

- Të kapa, të kapa më në fund, - thirri si i marrë dhe u çapit nxitueshëm për nga dera, që të nxirrte në kopsht. – U dukërke dhe goxha zonjë!

Laura u tremb, por nuk u ndje. Ndoqi me sy të shoqin, që thërriste nga larg, "Prisni aty, prisni se erdha!", e tundte dorën e djathtë në ajër. "Plakushi im i mjerë", mendoi teksa e shihte si nxitonte, duke u lëkundur sa majtas-djathtas, me gjunjët e përthyer nga dhimbja e artritit.

Kriku rendi sa mundi deri në fund të bahçes. Matanë gardhit rrinte si guhake një grua në moshë, veshur me pallto të zezë, kapelë e doreza në të njëjtën ngjyrë, si për dimër.

- Domethënë, ju m'i këputni trëndafilat?! – akuzoi me dyshim Kriku.

Gruaja e huaj shtangu edhe më shumë.

- Ju pashë, ju pashë kur zgjatët dorën ta merrnit! – tha me frymëmarrjen e rënduar nga lodhja.

- Më falni, zotëri! Sa i mora erë këtij bukuroshit këtu, që ka zgjatur kokën nga rruga. Nuk kisha ndërmend ta këpusja.

- Atëherë, përse jeni ngulur këtu, përpara kopshtit tim?

- Po pres time bijë. Është pak larg, më tha. Jeton këtu, sipër jush.

- Krista? – pyeti plaku dhe hodhi sytë nga dritaret e katit të dytë. Zëri sikur iu ëmbëlsua.

- Po, Krista.

- Ohhhh! Të më falni, zonjë! Sa e pasjellshme t'ju akuzoja kështu!

- Nuk keni faj, zotëri! Këta trëndafila janë shumë të bukur...!

- Oh, jo, jo, por këta të paudhë ma kanë terratisur mendjen fare! E pafalshme ta mendoja këtë për ju! Më falni, më falni!

Zonjës iu nder një hije buzëqeshjeje dhe kënaqësie në fytyrë. Frika e një skene të pakëndshme në atë lagje të huaj iu davarit shpejt.

- Po ejani ta prisni brenda, - u hodh e tha Kriku, si për të shlyer disi fajin. - Krista është si një bijë e mirë edhe për ne.

Hapi deriçkën e vogël dhe zonja në të zeza hyri. Përshkruan ngadalë kopshtin dhe u sosën në sallon.

- Kjo është ime shoqe, Laura. Mamaja e Kristës, zonja...? – prezantoi përgjysmë plaku.

- ...Monika, - tha ajo, si të përmendej nga një hutim i gjatë. Shtrënguan duart të tre.

- Uluni, ju lutem, - tha Kriku, duke i treguar këndin trevendësh gri, mbushur me jastëkë. Pastaj shtyu karrocën e së shoqes dhe e afroi pranë të ftuarës së papritur. – Më falni! - kërkoi ndjesë sërish. – Dikush më vjedh trëndafilat e, kur ju u afruat, mendova se... më falni! - përsëriti, siç e kish zakon.

- Ata trëndafila janë të shtrenjtë për ne. Na mbajnë lidhur me djalin, - tha Laura, që ende nuk e kish zhveshur trishtimin e mëparshëm.

- Djalin? – pyeti Monika.

- Po. E humbëm para ca vitesh.

Monika bëri kryqin dhe mërmëriti një lutje të shpejtë nën zë. Ndërsa hiqte dorezat, kërkoi leje të zhvishte edhe pallton. Kriku iu gjend pranë, i gatshëm ta ndihmonte.

- Andej nga vij unë bën ende ftohtë, - tha ajo. – E marr gjithë këtë rrugë një herë në vit. Dua t'i rri pranë Kristës, të paktën në këto ditë të vështira. Nesër...

Laura dhe Kriku u panë me habi. Monika heshti një hop. Uli sytë e nisi të luante me gishtëzat bosh të dorezave, që mbante në prehër. Pastaj, si të kujtohej se e kish lënë fjalinë përgjysmë, tha:

- I vogli ia theu zemrën. Më e keqja është që ime bijë nuk arrin ta falë veten...

- Çfarë ndodhi? – guxoi e pyeti Kriku.

Monika as që e dëgjoi.

- Një vit në koma. Një vit e një javë. Pak ditë pas aksidentit më thanë se e humba edhe time bijë. Por, për fat, ajo ia doli. Ia doli për të zezën e vet e për ngushëllimin tim. Kur u zgjua pas treqind e shtatëdhjetë e dy ditësh nuk mbante mend asgjë. As mua nuk më njohu, - tha e rrufiti hundët. Nxori shaminë nga çanta, i fshiu, e kaloi nëpër faqe dhe vazhdoi: - Veç djalin kërkonte. Atë e kujtoi fare mirë. Nuk guxonte njeri t'i thoshte që djali s'ishte më. U çua nga krevati si e çmendur e kërkoi nëpër gjithë spitalin. E lidhën... – Monika u ngashërye në lot.

Kriku i ofroi një gotë ujë. Laura sikur u tret brenda karriges me rrota e goja i mbeti hapur si peshk i vogël. Tash që po e mendonin, Krista nuk u kish folur për veten asnjë grimë. U shmangej pyetjeve. Edhe një herë që kish guxuar Laura, ajo ia kish prerë shkurt: "Nuk bën për mua martesa". E kaq.

Sa e mori veten Monika, në derë u shfaq Krista. Dukej e lodhur, e hequr në fytyrë. Kapi të ëmën nga dora, u kërkoi falje të zotëve të shtëpisë për shqetësimin e dolën. U ngjitën për në katin e dytë gati duke e tërhequr si ogiç atë grua të gjorë, që s'po mundej t'u jepte rend gjërave: të mbante me një dorë çantën, të ngrinte pallton që po i zvarritej shkallëve (Kriku ia kish hedhur krahëve në sekondën e fundit) apo të kuptonte sjelljen e së bijës... as nuk e kish përqafuar madje.

- Kaq të paska marrë malli për mua? – e pyeti ajo gati në të qarë, sa futi këmbën në shtëpi.

Krista përplasi derën, kapi të ëmën nga krahët, i dha një përqafim të shpejtë, e largoi sërish, i vuri duart mbi supe dhe me fytyrë të ngrysur e pyeti:

- Çfarë u the për mua?

E gjora grua u hutua. Buza iu nxi. Frika ta shihte të bijën të inatosur e zmbrapste:

- Asgjë! Asgjë, - belbëzoi dhe sytë i rrëzoi mbi parketin ngjyrë gështenje të errët.

- Mam, më trego të vërtetën! Ti e di, nuk dua që njerëzit të më mëshirojnë. Askush nuk dua ta dijë fatkeqësinë time! – gati ulëriu e sytë si qelqe të avullta iu errësuan krejtësisht. Një ngashërim i thellë i pushtoi kraharorin, ia drodhi gjithë trupin e shpërtheu në gulçime të qarash. Përfshiu me dorën e djathtë kerubinin në jakën e këmishës dhe u plas mbi divan.

***

Nata e zvarriti këmbën ngadalë. Kriku e Laura u zgjuan si zakonisht. U ulën të hanin mëngjesin, por asnjëri nuk e preku. As folën. U panë heshturazi në sy. Kriku shkoi në oborr, këputi katër trëndafila të kuq e u kthye brenda. I hodhi të shoqes krahëve shallin e leshtë, shtyu karrocën e dolën. Davidi po i priste. Varrezat nuk ishin fort larg, por ata nuk shkonin shpesh. I trishtonte edhe më shumë ai vend. Djalin e ndjenin kudo nëpër shtëpi.

Rrugën e nisën ngadalë. Dielli rrezonte vakët. Kaluan semaforin e morën për nga ura e drunjtë. Poshtë, përroi shkulmonte fort pas shkëmbinjve e ua mbyste zërat. Pemët nëpër brigje ishin gjalluar e përmbytur nga jeshillëku. Ndoqën rrjedhën e ujit përgjatë parkut të madh me ahe e plepa. U kthyen majtas e tej u shfaq kambanorja e kishës. Pas saj prehej biri i tyre i vetëm. Brenda portës së madhe të hekurt, lanë mbrapa rrethimin me gurë sa një bojë njeriu.

Për te Davidi, përshkuan disa rrugica; varre nga të dyja krahët e qiparisa. Laura, me dorën e pafuqishme, mundohej të bënte kryqin sa herë shihte nëpër fotot e mermerta fytyra të rinjsh. I pikonte shpirti për çdonjërin prej tyre.

Kur iu afruan varrit, buzëqeshja e ngrirë e të birit u theri zemrën. Tek vazoja në krah të fotos, një trëndafil i kuq i proshkët reflektonte një rozë të lehtë mbi mermerin e bardhë. Nëna rrotulloi kokën pas supeve, drejt të shoqit. Edhe ai uli vështrimin pyetës në sytë e saj. Trëndafili në vazo i ngjasonte shumë atyre që mbante në dorë.

- Oh, - u shkund Laura. – Stela! E gjora vajzë, ende nuk e paska harruar Davidin e saj të dashur. Po i kthen mbrapsht trëndafilat që ai i këpuste nga bahçja e ia çonte shpesh.

Kriku puliti sytë në shenjë miratimi. Tundi kokën lehtë dhe futi në vazo edhe lulet e tyre. Përkëdheli foton e të birit, sytë iu mjegulluan nga lotët e gjunjët nuk e mbajtën. U lëshua mbi barin e gjelbër e dënesi. Pas tij qau edhe Laura. Katër vjet pa të u dukej herë si katër ditë e herë si katër shekuj. E ata thaheshin mbi tokë të përvëluar.

- Ngrihu, - i tha Laura ligsht pas një copë here. – Do sëmuresh aty mbi barin e lagur.

Kriku u mbajt mbi gurin e ftohtë e bëri të ngrihej. Befas, buzë mermerit, kapur në fijet e barit, diçka shkëlqeu. E mori. Ishte një karficë: një engjëll i vogël i kaltër, me një shtjellë drite mbi krye. Ia tregoi së shoqes.

- Oh! – gruaja zuri gojën me dorë, që për çudi iu bind menjëherë.

Atë çast, pas shpatullave të Laurës u shfaq një hije. Kriku, që kishte ngrirë me një gju në tokë e karficën në dorë, puliti sytë dhe pak nga pak e veshi me tipare:

- Krista?!

Sytë e saj si qelqe të avullta ishin përmbytur nga lotët.

- Erdha të kërkoja për karficën... - tha me zërin që i dridhej.

Laura avulloi e u mblodh sa një lëmsh brenda karrocës. Nuk lëvizi as kur dora e bardhë si pa gjak e Kristës e preku lehtë në sup:

- I vogli im prehet pak më tutje, - tha zemërplasur e u shkreh në vaj. Qau një copë herë e mes gulçeve shtoi: – Ishte sëmurë atë natë... digjej... nxitova ta çoja në spital... Dikush... më preu rrugën dhe... dhe humba kontrollin... Pastaj ndodhi ajo që edhe ju e dini...

Lotët nëpër faqe u terrën nga puhiza e erës dhe krijuan harta të trishta në atë lëkurë të zbehtë. Zëri iu shua. Doli përpara Laurës. Fytyra e ngurosur e gruas iu shfaq e ndarë në figurina, si ta shihte përmes një kaleidoskopi lotësh. U ul në gjunjë e ia mori duart në të vetat. "Më fal", belbëzoi, por s'mundi të dëgjonte as veten. Laura, e kallkanosur nga habia dhe dhimbja, nuk mundi të lëvizte as atëherë. Krista u ngrit ngadalë, u shkëput prej saj dhe si e qorrollisur iu afrua Krikut. Pa i thënë asnjë fjalë, nderi pëllëmbën para tij. Plaku, po në heshtje, i la me kujdes karficën. Ajo e mblodhi grusht dorën dhe iu var burrit në qafë. Dënesi edhe aty për pak. Kriku as e përqafoi, as e largoi.

   - Davidit i kërkova falje çdo ditë gjatë këtij viti e u mundova t'i sillja pak aromë shtëpie me ato trëndafila, - tha si u shkëput nga plaku. - T'ju rrija pranë ish një formë shpagimi në fillim e dashurie më pas. Shpresoj të më falni dikur!

   ...dhe u tret ashtu siç erdhi, si hije mes qiparisave e trëndafilave.

DANIELA XHANI

Iris

Blu në vjollcë e përsëritur mes dy ijëve.
Jo thjesht më kundrojnë shenjat
– marrin aq pak,
japin aq shumë –
jo thjesht drita mbi gjuhëzat e fishkura,
gjëkafshë tjetër na mban ngërthyer.
Diçka e pazakontë irisët që zhvishen
– dhe asnjë qasje s'ua cek thelbin –

lakuriq; i shtie në vaskë me ujë;
ua shoh gjenitalet; ua prek me zgjatimin e hijes;
me rrëqethjen e avashtë të mishit;
me gërryerjen e nitratit në mollëzat e gishtave
ua heq mjekrën e rritur – makth dhe shkumë
brisku në vërshim ëmbëlsor;
qenie të gjalla e të trishta. Kurdoherë,

o vajzë, shenjat e padukshme në trup
shëmbëllejnë thellësitë e paligjshme.

Pos

Dy gjunjë në natë janë kopshti që hapet
i errët, në qetësi të bollshme
gjith' tretje koha që rrjedh
nëpër degë ligështie
shlyen përjetësinë e zotuar
vrapojmë, ikim vetmitarë
Edenin e kemi gjithnjë me vete
dhe artin e brisht' të mosbindjes.

Eva

Feston vdekjen duke hequr krejt teshat
në mes të sheshit. Kalimtarët
ngarkuar me ëndrra të venitura në krah'
ankohen për zgavrat brenda flokëve,
për kujtimet bosh; të gjorat që ndodhin
tjetërkund. Ah, po! Mes tyre
e shkuara okulte, gulçimi i të qenit pafaj,
këmbët – dy kafshëza të gjalla në rrasa guri,
që enden midis habisë epshore
dhe gjethes së zbehtë të dritës.
Dikush tha:
"Ka më poezi në Evën mitokondrike
sesa në homologen e saj…".

Rrathë

Rrathë pajtues si vështrimi i dikujt
që dashuron ose dikujt që pret vdekjen;
jeta i rri aq bukur – tjetër s'i shkon
për shtat – në ledhe buçitëse shqisash
dhe stil
më tepër sesa Zoti kur krijoi botën.

Gjasë

Nuk jam çka dikush mendon –
në magjepsje të sëmurë
xixëllonja digjet nga drita e vet –
dhe as e bukur për të qëndruar rishtas.
Në thelb qenia e kthyer gjetiu,
shkëndijë që ndizet dhe shuhet,
gjen arsye në zemër dhe ndjenjë në mendje.
Betohem, paqja nganjëherë bëhet vetëmohim:
shtrati, çarçafët e bardhë, krahët e ajruesit,
dera e mbyllur aq mirë.

Gjithë këto dëshmi... Matanë po agon.

Kundroj veten në pasqyrë me gjinj të zbuluar,
sikur të isha burri që kam pranë.

Mandala

Baltë e njomur në bulëza, që duart
ngadalë pa u ngutur
i japin trajtë. Fillikate, në kodrinat
e lëmuara me mornica,
gishtërinjtë hapin udhë brenda meje;
unë që jam brenda kozmosit;
kozmosi brenda një vrime të vogël.
Pastaj shpirti n'errësirë, nëpër trishtim,
një herë, shumë herë,
në përleshje me tingujt sërish shpirti...
Dhe balta këputet në mes, ku bashkohen
dy këmbë,
një yll me pesë shqisa: dëgjon, sheh,
nuhat, prek dhe shijon kënaqësinë e vdekjes,
duke u rrotulluar nga njëra anë në tjetrën,
siç bëjnë ngaherë të pagjumët.

Idem

Jeta do të kthehet sërish nga e para,
njëjtë me gjith' çka humbi pa zotëruar,
ndaj shtrëngon fort qepallat, nuk do të zgjohet,
e përligj ëndrrën fundore.
Në cep të syrit, rrëke drite kullojnë
liqenit. Trupi noton nën zambakë.
Në forma të thjeshta – ende peshk i vogël.
Vjen nga uji, nga drita e fshehur n'errëti,
që Zoti e këputi prej vetes;
për gjashtë ditë, mes vjetërsirash,
sajoi një lëmsh dashuror.
Tani e zotëron pa asnjë pengesë – oh,
Bukuri Supreme – por nuk ngutet
dhe hesht; dhe ndien…

Asgjë

Ç'heshtur kuptohen gishtërinjtë, në trajtë
– vjegat ku var lodhjen
pranë shtratit. Diç thonë.
Sikur ta di!
Drita nuk pati përvojë kur krijoi shpirtin;
errësira lindi më vonë. Tjetër qenësi
kam përshkuar, para se fjalët të sosin
në gjendje hutimi;
para se avujt të shndërrohen në lule akulli.
Përherë ka një keqardhje në kujtesë,
që shëmbëllen mungesën e diçkaje,
si fytyra e të huajit kur mbyll derën
dhe hija e Zotit zbret.

Përgjatë

Tani që mjegulla zbret përgjatë lundrimit
dhe një rreth zbrazëtie hapet brenda trupit
nga mituria që dikur hodhi një guralec
për të larguar paksa urinë e pasdites
kujtoj se vij nga një çapitje e largët
e rrëmujshme shfaqej veç atëherë
çka më shumë e sillte çast i panjohur
E tash çdo e shkuar është në vendin e vet
patrazuar prej lundrimit të përhumbur
që s'mund ta ndihmojë fëmijën e imët
një çikë të shtyjë gozhdën e përkulur
mbi dollapin e mbyllur të bukës.

DIONIS PRIFTI

Ndërtesa me ëndrrat tona të njëjta

Ëndrrat tona janë të gjitha të njëjta. Qëndrojmë në këtë ndërtesë të pafundme, të ndarë në dhoma të mëdha, organizuar sipas ëndrrave tona. Kur u futa ca vite më parë, mendoja se do kisha lirinë të lëvizja shpesh nga një kthinë në tjetrën. Nuk kishte roje te hyrja dhe mendova se duhej të prisja të plotësoja formularin. Shikimet e atyre në brendësi më ndryshuan mendim. Ndërtesa është e madhe dhe ne nuk e ndryshojmë hapësirën ku ndodhemi. Kthina e parë është për ata që duan të flenë; ata nuk kanë fjetur kurrë. Kati i tretë, ku nuk kam shkuar asnjëherë, është për ata që duan më shumë: dhoma e parë për ata që kërkojnë një shtëpi më të madhe, në tjetrën ata që lypin disa hektarë tokë, pastaj ata që ëndërrojnë një pallat personal e më tej ata që duan të kenë një copë shkretëtire dhe ta kalojnë kohën duke përpiluar ligje e strategji se si mund t'i ndajnë shkretëtirat. Në njërin nga fundet e elipsit, që përbën sipërfaqen e katit, rrinë ata që duan të përshkojnë Siberinë me një tren me tavan xhami, nga ku mund të shihet Rruga e Qumështit. Kati i tetëmbëdhjetë është për ata që mendojnë për gurin e çmuar Khurag. Guri qëndron në qendër të katit dhe vetëm një ditë në vit mund të lëvizej nga aty në një dhomë, ku pjesëtarët e dhomës mund ta studionin e të mbanin shënime. Dhomës numër 124 iu desh të priste shtatëdhjetë e dy vjet që t'i binte lotaria për ditën e gurit. U përpoqën të shkëpusnin një copë të vogël nga guri, që ta kishin përherë aty. Kjo nxiti protesta e që atëherë ata nuk kanë më të drejtë të pretendojnë kohë private me gurin e çmuar.

Ndërtesa është shumë e madhe dhe nuk e vizitojmë. Më pëlqen ta vizatoj arkitekturën e saj në murin e vjetër përbri krevatit tim. Mendoj se shumica e kateve janë në formë elipsi; nuk e di sa kate janë gjithsej. Nga njëri tek tjetri mund të ngjitesh me shkallë të brendshme, që ruhen nga ata që janë përjashtuar nga ëndrra e dhomës së tyre të mëparshme. Ata duhet të qëndrojnë midis kateve, derisa një ëndërr e re të formësohet. Për qindra vjet ose më shumë organizohemi përmes ligjeve të krijuara nga ne vetë dhe jemi pothuaj gjithnjë në paqe. Në kate të caktuara ka ashensorë mekanikë. Për t'i përdorur duhet të marrësh leje nga anëtarët e dhomës ngjitur me ashensorin, të cilët duhet të rrotullojnë manivelin e tij në korridor.

Në murin përbri krevatit tim, skicat imagjinare mbi ndarjen e dhomave ngatërrohen me njëra-tjetrën. Më pëlqen të mendoj për to. Kam frikë se po heq dorë nga ëndrra ime fillestare e, nëse e kuptojnë, do më duhet të lëviz nga kjo e të shkoj në dhomën ku ëndrra është: skica universale për arkitekturën e ndërtesës. Nuk e di ku gjendet ajo dhomë. Nuk më shqetëson fakti që më duhet ta ndryshoj, megjithëse nuk i kam parë ligjet që rregullojnë ndryshimin e dhomave; nuk më shqetëson as nëse duhet të rri ca vite midis kateve, derisa kjo ëndërr të formësohet bindshëm. Më shumë më pikon në shpirt të lë pas skicat e mia të vjetra, në murin përbri krevatit.

Dikur, kati i gurit të çmuar ishte konceptuar në formën e një përralle. Dhomat do popullloheshin nga pjesëtarë që dëshironin të ishin personazhe përrallash apo edhe thjesht një kasolle në pyllin e saj ose koha e bukur që dilte pas reve në fund të rrëfenjës. Nuk e di pse ishte shmangur kjo ide fillestare, por kam menduar që ndoshta kati vërtet është konceptuar në këtë mënyrë, vetëm se njerëzit që jetojnë aty nuk e dinë.

Nuk e di ku është kati i dëshirave seksuale. Disa thonë se është i dhjeti nën tokë. Mendoj se nuk ka asgjë paragjykuese që janë vendosur aq thellë. Përveç të tjerave, renditja e kateve të dhomave është vetërregulluar nga banorët ndër vite. Ndoshta arsyeja mund të jetë lagështia e nëntokës që provokon dëshira të çuditshme seksuale.

Kur u futa në fillim, isha kurioz për të gjitha katet, dhomat dhe dëshirat. Me kalimin e kohës, mendimet më janë ngurtësuar; i ndjej se si kthehen në baltë të tharë e krisen me zhurmë. Ndoshta kjo ndodh me të gjithë, sepse shumica i druhen lëvizjes në një dhomë tjetër, që mund të vijë si pasojë e mendimeve të thella, të cilat ndikojnë në tjetërsimin e ëndrrave.

Të rinjtë lëvizin më shpesh ndër dhoma. Prandaj gjen pak të tillë këtu. Shumica janë mbi pesëdhjetë vjeç. Nuk rekomandohet të vish këtu kur je i ri. Ky është dhe problemi më i madh që kanë të jashtmit për ndërtesën tonë. Mendojnë se kufizohesh vetëm nga një ëndërr. Ata e kanë të paqartë natyrën e saj: a duhet të jetë ajo ëndrra kryesore, rëndom e quajtur qëllimi i jetës? Apo mund të jetë një ëndërr spontane? Në formësimin e saj, a ndihmon spontaniteti, apo nevojitet një mendim shumë i thelluar? Ç'pasoja mund të ketë ndryshimi i ëndrrës brenda ndërtesës? Edhe unë i kisha këto dilema kur isha jashtë. Por çdo gjë bën kuptim kur je këtu brenda. Është vetërregulluar në qindra vjet.

Mendoj shpesh për katin e gurit të çmuar. Nuk e di a mendoj më shpesh për të apo për skicën e ndërtesës sonë. Nuk di dhe nuk mund të tregoj se çfarë bëjmë gjithë kohës që frymojmë këtu, por mund të them shkurtimisht se mendojmë për ëndrrën tonë.

Përralla (të cilën u mundova për një kohë të gjatë ta shkruaja në mur midis skicave të kateve), që ishte konceptuar fillimisht si baza e katit të tetëmbëdhjetë, ishte pak a shumë kështu: një gur i çmuar qëndronte në malin e shenjtë përbri fshatit. Prej mijëra vjetësh e adhuronin me rite, derisa tre hajdutë të mbrapshtë, me nam në fshat, e vodhën gurin, e fshehën diku dhe së bashku me personazhe të tjera misterioze e studiojnë. Kjo gjë nënkuptonte ndarje në copëza të vogla, ndoshta po aq me vlerë sa guri i madh dikur në shpellën e shenjtë, ndaj nxiti një kryengritje, që u përhap në të gjithë fshatin. Kur më në fund e gjetën gurin e masakruar dhe i dënuan grabitësit, së bashku me personazhet misterioze, fshatarët triumfues i hodhën poshtë me forcë pretendimet e rrëmbimit për qëllime të mira, për perspektiva e përfitime të reja nga guri i çmuar. U kujdesën që ato mendime të mbrapshta të mos arrinin kurrë në mendjen e të vegjëlve të fshatit. Ndërtuan rite të reja për rimëkëmbjen përkujtimore të rëndësisë së gurit në malin e shenjtë. Vendosën atje shëmbëlltyrën e tij, por nuk harruan të shtonin te ritet vjetore edhe kujtimin e periudhës së errët të rrëmbimit e masakrimit të gurit.

Nuk e di ku ndodhet dhoma e ëndrrës së skicës universale të ndërtesës. Më pëlqen të mendoj se është në katin e fundit, nuk ka rëndësi sipër apo poshtë, nën tokë. Për këto kate, zakonisht, pretendohet se janë të zëna për studimin e vargjeve të shenjta. Kjo nuk ka lidhje me historinë e gurit të çmuar, gjithashtu i shenjtë në sytë e fshatarëve.

Tiranë, 12 shkurt 2022

FAROUGH FARROKHZAD

Rilindur

Krejt shpirti im është një varg i mugët,
të përsëris brenda vetes,
të bart në agimin e shpërthimeve dhe lulëzimit të amshuar,
në këtë varg të psherëtiva.

Ah!
Në këtë varg,
të shartova në pemë, ujë dhe zjarr.

Ndoshta jeta është
një rrugë e gjatë përbri së
cilës kalon çdo ditë një grua me një shportë.

Ndoshta jeta
është një litar me të cilin një burrë vetëvaret në një degë.

Ndoshta jeta është një fëmijë që kthehet prej shkollës në shtëpi.

Ndoshta jeta është ndezja e një cigareje
midis prehjes kotulluese të pasdashurisë
ose kalimi në mëdyshje i një këmbësori
që anon kapelën
e i thotë mirëmëngjesi një kalimtari tjetër,
me një buzëqeshje të zbrazët.

Ndoshta jeta është ajo grimëkohë e ndaluar,
kur vështrimi im rrënohet në bebëzat e syve të tu
e në kët' ka një kuptim,
që do ta përziej me shquarjen e hënës
dhe mikpritjen e errësirës.

Në një dhomë sa përmasat e një vetmie,
zemra ime,
përmasë e një dashurie,
sheh shkaqet e thjeshta të lumturisë së vet
në vyshkjen e bukur të luleve në saksi,
te fidani që mbolle në shtratin tonë lulnajë,
në këngët e kanarinave,
që këndojnë me përmasën e një dritareje.

Ah!
Ky është fati im,
ky është fati im,
fati im
është një qiell që ma rrëmben rënia e një perdeje,
fati im është të zbres në një shkallë të braktisur
e të bashkohem me diçka në kalbje dhe nostalgji,
fati im është një shëtitje
e pahareshme në kopshtin e kujtimeve,
që vdes në pikëllimin e një zëri që më thotë:
"Dua duart e tua".

Do t'i mbjell duart në shtratin në lulim,
do të çel filiza,
e di, e di, e di
dhe harabelat do bëjnë vezë
në zgavrat e gishtave të mi të ngjyrosur,
do të var një palë vathë me qershi të kuqe binjake
rreth veshëve,
do vendos petale të lule dahlias në thonj.

Është një rrugicë,
aty ku djemtë, dikur të dashuruar me mua,
me ato flokë të shpupurisura,
qafa të holla e këmbë të rraskapitura,
mendonin ende për buzëqeshjet e pafajshme të një vajze të vogël,
që një natë, era e hodhi tej,

është një rrugicë, që zemra ime e ka vjedhur nga vendet e fëmijërisë,
udhëtim i një vëllimi përgjatë vijës së kohës
dhe mbarsja e vijës shterpë të kohës me një vëllim,
një vëllim i ndërgjegjshëm i një shëmbëllese,
kthyer nga gostia e një pasqyre.

Kjo është udha,
dikush vdes
e dikush mbetet,
asnjë peshkatar
s'do kapë perla
në një përrua të vogël, që derdhet në hendek.

Njoh një sirenë të vogël,
të trishtë, që banon në oqean,
fryn butësisht, hirshëm,
zemra e saj në një flaut druri,
një sirenë e vogël, e trishtë,
që vdes nga një puthje
çdo natë.

Pushtimi i kopshtit

Korbi që fluturoi
mbi ne
dhe u zhyt në mendimin e trazuar të një reje endacake,
klithma e të cilit, si një shtizë e shkurtër, përshkoi tërë horizontin,
do të shpjerë lajme për ne në qytet.

Të gjithë e dinë,
të gjithë e dinë,
se unë dhe ti, nga ajo vrimë e ftohtë dhe e mugët,
pamë vagëllimthi kopshtin
e nga ajo degë dëfryese dhe e pakapshme

këputëm mollën.

Të gjithë tremben,
të gjithë tremben,
por ti dhe unë u bashkuam me dritën, ujin dhe pasqyrën
dhe nuk kishim frikë.

Nuk po flas për një lidhje të brishtë mes dy emrash,
as për lidhjen në faqet
e ngrëna të një regjistri.
Po flas për flokët e mi
epshorë
dhe lulëkuqet e zjarrta të puthjeve të tua,
për fshehtësinë e kurmeve tanë
dhe lakuriqësinë që na vezullon
si luspat e peshqve në ujë.
Po flas për gjallërinë argjentinase të një kënge,
që burimi i vogël ujdis në agim.

Një natë,
pyetëm lepujt e egër në pyllin e blertë dhe fëshfëritës,
guaskat e bollshme të perlave
në atë det të trazuar dhe të ftohtë
dhe shqiponjat e reja
në atë mal të huaj dhe triumfator:
Çfarë duhet bërë?

Të gjithë e dinë,
të gjithë e dinë.
Ne kemi përshkuar ëndrrën e ftohtë memece të Simorgh,
e gjetëm të vërtetën në kopshtin e vogël,
në shprehjen e ndrojtur të një luleje pa emër
dhe përjetësinë në një grimkohë pafund,
kur dy diej sodisin njëri-tjetrin.

Nuk po flas për pëshpërima të trembura në errësirë,
po flas për dritën e ditës dhe dritaret e hapura,

për ajrin e freskët,
një furrë ku digjen gjëra të padobishme,
tokën e bërë pjellore me një tjetër bimë,
për lindjen, zhvillimin, krenarinë.

Flas për duart tona të dashuruara,
që i vunë këmbëzat gjatë netëve
një ure ogurmirë prej parfumi, drite dhe puhize.

Eja në livadh,
në livadhin tejshtrirë
dhe ndillmë mes psherëtimave të luleve të mëndafshit,
ashtu si gazela shoqen e saj.

Perdet vërshojnë urrejtjen
e ndryjtur
dhe pëllumbat e dëlirë
nga maja e kullës së tyre të bardhë
ia ngulin sytë tokës.

Më vjen keq për kopshtin

Askush s'mendon për lulet,
askush s'mendon për peshkun,
askush s'do ta besojë se kopshti po vdes,
se zemra e tij është fryrë nën diell,
se mendja e kopshtit është ngadalësuar
dhe shterur nga kujtimet e blerta,
se shqisat e kopshtit janë
një gjë e vetmuar, që kalbet kruspullosur në një cep.

Oborri ynë i vjetër është i vetmuar,
kopshti gogësin
në pritje të një reje të panjohur shiu
dhe pishina jonë është krejt e zbrazët.

Yje të vegjël, të papërvojë,
bien në tokë nga lartësitë e majave të pemëve
dhe nga dritaret e zbehta të vendbanimit të peshqve,
natës dëgjohet zhurma e kollitjes,
kopshti i oborrit tonë është i vetëm.

Etërit thonë:
tepër vonë për mua
e kam mbyllur,
e mbajta mbi supe barrën time dhe bëra çfarë më takonte
dhe në këtë dhomë,
nga agu në muzg,
lexon ose Shahnameh
ose Historinë e Historive,
mandej i thotë nënës:
në ferr do të shkoj kur të vdes,
me krejt zogjtë dhe peshqit,
atëherë ku qëndron ndryshimi
nëse ka apo jo prani të një kopshti,
mjaftueshëm është për mua paga nga pensioni.

Krejt jeta e nënës sime
është një qilim lutjesh,
shtruar në pragun e frikërave prej ferrit,
në fund të gjithçkaje, Nëna,
kërkon gjurmët e mëkatit
dhe mendon se femohimi
i një bime ka ndotur gjithë kopshtin,
lutet gjatë gjithë ditës,
është mëkatare e natyrshme,
merr frymë mbi gjithë lulet
e peshqit dhe ekzorczion veten
e pret që një ardhje dhe një falje të zbresin në tokë.

Vëllai im e quan kopshtin varrezë,
bën shpoti me bollëkun e barërave të këqija

dhe numëron kufomat
e peshqve që shkëlfihen
nën lëkurën e sëmurë të ujit,
ka varësi nga filozofia
dhe mendon se kura për kopshtin
qëndron në shkatërrimin e tij,
dehet e godet dyer e mure
dhe rreket të thotë se është shumë lythor,
shpresëpakët e buzëplasur,
mbart dëshpërimin e vet
bashkë me letërnjoftimin, kalendarin e xhepit,
çakmakun dhe stilolapsin
në rrugë dhe treg
dhe dëshpërimi i tij është kaq i vogël
sa çdo natë
humbet në turmën e lokalit.

Dhe motra ime, që ishte mikeshë e luleve
e mori fjalët e thjeshta të zemrës së saj
kundrejt shoqërisë së tyre të mirë dhe të heshtur
kur nëna e shuplakonte
herë pas here ofronte diell dhe biskota
në familjen e peshqve.
Shtëpia e saj është në anën tjetër të qytetit,
në shtëpinë e saj artificiale,
me peshkun e saj të artë, artificial
në sigurinë e dashurisë artificiale të burrit të saj,
nën degët e mollës së saj artificiale,
ajo këndon këngë artificiale
dhe prodhon foshnja shumë të vërteta,
sa herë që vjen të na vizitojë
dhe skaji i fundit të saj ndotet me varfërinë e kopshtit,
bën një dush parfumi,
sa herë vjen të na vizitojë
është shtatzënë.

Kopshti ynë është i vetmuar,

kopshti ynë është i vetmuar,
gjatë gjithë ditës
nga pas derës vjen tingulli
i thyerjes e shpërthimeve,
gjithë fqinjët tanë mbjellin
bomba dhe mitraloza
në vend të luleve
në kopshtet e tyre,
gjithë fqinjët tanë
shtrojnë me pllaka pellgjet e tyre,
që bëhen padashur hambarë të fshehtë baruti,
fëmijët përgjatë rrugës mbajnë çantat e shkollës
mbushur me bomba të vogla,
kopshti ynë është pështjelluar.

Trembem nga një moshë,
që ka humbur zemrën e vet,
tmerrohem nga mendimi
i kaq shumë duarve të padobishme
dhe përfytyrimi i kaq shumë fytyrave të huaja.

Si një fëmijë shkolle,
dashuruar çmendurisht me mësimin e gjeometrisë,
jam vetëm
dhe mendoj se kopshti
mund të çohet në shërimore.
Mendoj...
Mendoj...
Mendoj...
dhe zemra e kopshtit fryhet nën diell
dhe mendja e tij
është ngadalësuar
dhe zbrazur nga kujtimet e blerta.

Një dritare

Një dritare për të parë,
një dritare për të dëgjuar,
një dritare që si gryka e një pusi
arrin në fund të zemrës së tokës
dhe hapet përgjatë hijeshisë së vazhdueshme blu
një dritare që në mirëdashjen e natës
prej aromës së yjeve fisnikë
grafullon duart e vogla të vetmisë
dhe prej andej mund të ftojmë diellin
në mërgimin e mëllagave.

Më duhet vetëm një dritare.

Unë vij nga vendi i kukullave
nën hijen e pemëve prej letre
në kopshtin e një libri ilustruar
nga stinët shterpë
të përvojës së thatë
të miqësisë dhe dashurisë
nga shtigjet e pluhurosura të pafajësisë
nga vitet e lulëzuara në shkronjat e zbehta të alfabetit
nga pas bankave
të një shkolle shëndetligë
kur, tashmë, fëmijët dinin
të shkruanin fjalën 'gur' në dërrasën e zezë
e tufat e pështjelluara fluturuan nga pemët e vjetra.

Vij nga zemra
mes rrënjëve të bimëve mishngrënëse
dhe koka më dridhet ende
nga britma e tmerrshme e një fluture
kryqëzuar në album me një kunj.

Kur besimi m'u var në litarët e brishtë të drejtësisë
dhe në gjithë qytetin

bënin copash zemrën e syve të mi,
kur mbyten me shaminë e zezë të ligjit
sytë fëminorë të dashurisë sime
dhe nga faltoret regëtitëse të shpresës
më gufonin shkulma gjaku
kur jeta ime tashmë
nuk ishte më asgjë
asgjë, përveç tiktakut të një ore
kuptova që duhej të dashuroja
të dashuroja
të dashuroja marrëzisht.

Më mjafton një dritare
një dritare në orën
e të kuptuarit, të soditjes
të heshtjes
tashmë pema e arrës
është rritur aq shumë
sa gjetheve të reja
u shpjegon
praninë e murit.

Kërkoja pasqyrës
emrin që do të të shpëtojë.
Toka që fërgëllon
nën hapat e tu
nuk është më e vetme se vetja jote?

Profetët e kohës sonë
vallë a i kanë sjellë
shkrimet e rrënimit?

Këto shpërthime
të pandalshme
dhe retë e ndyra
a janë vallë sihariqi
i një kënge të shenjtë?

Ti, shok, ti, vëlla,
ti që ke të njëjtin gjak
me timin
kur të arrish në hënë
shkruaj historinë
e kërdisë së luleve.

Gjithmonë
ëndrrat
thyhen nga lart dhe vdesin.
E nuhas tërfilin katërfletësh
që mugullon nga varri
i shqisave antike.

Gruaja që u bë pluhur në qefinin e pritjes dhe thjeshtësisë
ishte ndoshta rinia ime?
Do t'i ngjis sërish
shkallët e kureshtjes
për të përshëndetur Zotin e mirë
që ecën mbi çatinë e shtëpisë?
Ndjej që koha ka shkuar
e pjesa ime
është vetëm një çast
mes faqeve të historisë
ndjej që tryeza është
justifikim
për një qetim
mes flokëve të mi
dhe duarve të këtij të huaji të trishtuar.

Fol, fol me mua!
A ekziston dikush
që ta dorëzon
trupin e tij të ngrohtë
dhe nga ti
nuk dëshiron tjetër

veç të ndjejë jetën
që rrjedh?
Fol, fol me mua
shpëtuar
në strehën e dritares sime.
Jam mikesha e diellit.

Ato ditë

Shkuan ato ditë të bukura
ato ditë të freskëta dhe të
shëndetshme
qiejt mbushur rrafsh
me rruaza
degët rënduar
me qershi
shtëpitë mbështetur
njëra krah tjetrës
në të blertën strehëz të
dredhëzës
ato qiellzana me balonat lozonjare
e rrugët dehur në aromë
jaseminësh.

Shkuan ato ditë
kur përmes një çarjeje në
qepallat e mia
gurgullonin këngët
si flluska plot ajër
vështrimi im pinte me
hurba gjithçka pikaste
siç pihet qumështi i freskët
si të jetonte mes bebeve
të syrit tim një lepur i çmeritur
ende i lumtur
dhe në mëngjes

bashkë me diellin plak
të zbriste fushave
të panjohura të kureshtjes
e netëve të përvidhej korijeve të errësirës.

Shkuan ato ditë bore dhe qetësie
ndërsa pas dritares
në vakësinë e dhomës
rrija mosbesuese e
shihja dëborën time të pafaj
tek binte ngadalë si push
i butë dhe i freskët
mbi të vjetrën shkallë
të drunjtë
mbi telin e hollë të rrobave
mbi flokët e pishave antike
dhe mendoja për nesër
ah, e nesërmja
një grumbull i bardhë shqasës!

E nesërmja fillonte me shushurimën e velit të gjyshes
dhe hijen e saj të hutuar
në pragun e derës
që në grimëkohë
braktiste veten në ndijën
e ftohtë të dritës
në gjurmët e rrëmujshme të pëllumbave
në fluturim përmes xhamave shumëngjyrësh
nesër...

Përgjumur nga ngrohtësia
e sobës
larg syve vigjilentë të nënës
fshija shpejt dhe guximshëm
nënshkrimin e mësueses
te detyrat e vjetra.

Kur bora mehej
endesha zemërthyer kopshtit tonë
dhe varrosja harabelat e mi të vdekur
nën jaseminët e tharë dhe të zhveshur.

Shkuan ato ditë
ditë magjepsjeje dhe mahie
ato ditë përgjumjeje dhe zgjimi
ku çdo hije fshihte një sekret
çdo peshtaf mbulonte një thesar
çdo cep i qilarit
në qetësinë e mesditës
ishte një univers
dhe kush nuk kishte frikë
nga ajo errësirë
dukej si hero.

Shkuan ato ditë feste
pritje dielli e pritje lulesh,
fërgëllima erëmuese
në tufat e ndrojtura të narcisëve të egër
që përshëndetnin qytetin
në mëngjesin e fundit
të dimrit
dhe zëri i shitësve shëtitës
përgjatë rruginave me arna
të blerta.

Tregu notonte në aroma endacake
aromën e athët të peshkut
dhe kafes
tregu, nën hapat e njerëzve
shtrihej, zgjerohej dhe përzihej
me çdo çast të udhëtimit dhe rrokullisej thellë në
sytë e kukullave
tregu ishte nëna ime
që shkonte nxitimthi

drejt gjithë asaj që
ngjyronte rrjedhshëm
dhe kthehej me shportat mbushur e dhurata të paketuara
tregu ishte shiu që binte
binte, binte.

Shkuan ato ditë
mahnitjeje të fshehtësive
të trupit
ato ditë njohjesh të ndrojtura të bukurisë së venave blu
të një dore, që teksa mbante një lule, thërriste
pas një muri
një tjetër dorë
ditët e njollave të vogla të bojës
në duart e frikësuara, të hutuara dhe dridhëruese
atëherë kur dashuria
zbulonte veten në një
përshëndetje të ndrojtur.

Midis tymit dhe nxehtësisë
së mesditës
do të këndonim për dashurinë tonë
në pluhur
do e njihnim gjuhën e dëlirë të luleradhiqes
do t'i mbartnim zemrat
në kopshtin e butësisë
së çiltër
dhe ua huazonin pemëve.
E topi, ngarkuar me mesazhe dashurie
kalonte dorë më dorë
ishte dashuri
ajo ndjesi pështjelluese
në errësirën e tremes
që befas rrethonim
dhe rrëmbenim
mes frymimeve dhe regëtimave të zjarrta
të zemrës

mes buzëqeshjeve të vjedhura.

Shkuan ato ditë
si bimët tharë në vapë
u dogjën nën rrezet e diellit
humbën ato rrugë dehur
me aromën e akacieve
në shtjellën e zhurmshme të një rruge pa kthim
dhe vajza që ngjyroste
faqkat me petale mëllage
sot është një grua e vetmuar
një grua e vetmuar.

Kukulla me kurdisje

Më shumë se kaq, po,
më shumë se kaq mund të rrish heshtur.

Me një kundrim të ngulmët,
si ai i të vdekurve,
njeriu mund t'ia ngulë sytë me orë të tëra
tymit që ngrihet nga një cigare,
trajtës së një filxhani,
një luleje të dalë boje në qilim,
një parulle të zbërdhulur në mur.

Mund të tërheqësh perdet
me gishtat e rrudhosur
dhe të shohësh rrebeshin e rrëmbyeshëm në rruginë,
një fëmijë që qëndron në pragun e derës,
me balona shumëngjyrëshe në duar,
një karrocë të shkallmuar, që lë pas sheshin e shkretuar
me rrapëllimë.

Mund të rrish i shituar
ndanë perdeve – i verbër, i shurdhër.

Mund të bërtasësh
me një zë krejt të rremë, krejt të largët,
"Të dua..."
në krahët sundues të një burri,
mund të jesh femër e hijshme, shëndetplotë,
me trupin si mbulesë tavoline e lëkurtë,
me dy gjinj të mëdhenj e të fortë,
në shtrat me një të dehur, të çmendur, endacak,
mund të përdhosësh dëlirësinë e dashurisë.

Mund të poshtërosh me dhelpëri
të gjitha misteret e thella,
mund të vazhdosh të zgjidhësh fjalëkryqe,
të zbulosh me kënaqësi përgjigjet e pakuptimta,
përgjigje të pakuptimta, po, me pesë ose gjashtë shkronja.

Me kokë të përkulur,
mund të gjunjëzohesh
një jetë të tërë përpara kangjellës së akullt të praruar të një varri,
mund të gjesh Zotin në një varr të paemër,
mund të këmbesh besimin me një monedhë të pavlerë,
mund të mykesh në qoshen e një xhamie,
si një recitues i lashtë i lutjeve të pelegrinit,
mund të jesh i pandryshueshëm, si zeroja,
qoftë duke shtuar, zbritur apo shumëzuar,
mund të mendosh për sytë, madje dhe për sytë e tu
në gufkën e tyre të zemërimit,
si vrima pa shkëlqim në një këpucë të ngrënë nga koha,
mund të thahesh në pellgun tënd si uji.

Me turpin, mund të fshehësh bukurinë e bashkimit të një grimëkohe
në fund të një kraharori,
si një foto e vjetër qesharake,
në kornizën bosh të një dite

mund të shfaqësh foton e një ekzekutimi, kryqëzimi a martirizimi,
mund ta mbulosh plasaritjen në mur me një maskë,
mund të përballesh me pamje më pa brendi se këto.

Mund të jesh si një kukull me kurdisje
dhe ta shohësh botën me sy të qelqtë,
mund të shtrihesh për vite në dantella e varak,
një trup mbushur me kashtë
brenda një kutie prej shajaku,
ndaj çdo prekjeje epshore
dhe pa pikën e arsyes,
mund të lëshosh një britmë
"Ah, sa i lumtur jam!".

Shqipëroi Rielna Paja

SEVDAIL ZEJNULLAHU

Faji në frymën e fundit

Dje u bënë tri ditë që as nuk u gjet fajtori, as më shpallën fajtor. Mbeta as i fajshëm, as i pafajshëm. Nuk e di si mund të quhet kjo! Po të mendohej si për një fëmijë, që nuk i dihet babai, do ta quanim kopil, ndërsa po të ishte me prindër nga kombësi të ndryshme, do ta quanim melez. Nuk kisha zgjidhje tjetër, veç të merresha me të tilla hipoteza tërë paraditen; rrija në pritje, por askush nuk vinte, edhe pse dy herë lajmërova për prishjen e telefonit. Dikur, pasdite, nuk prita më dhe shkova i denoncova për papërgjegjshmëri. Dje, ata, mund të më burgosnin, por as që u mor kush me mua.

"Është çmendur, përfundimisht është çmendur", tha Timi me një zë të ulët e pamje shokuese në fytyrë. Thënë të drejtën, as që e kisha parë kur kishte ardhur dhe ishte strukur në qoshen e vet.

"Kush?!", pyeta edhe unë me një zë të ulët, sa nuk e di si më dëgjoi.

"Si kush, faji! Faji është çmendur dhe nuk dihet se ku ka shkuar! Ka ikur! Ka marrë me vete borxhin e fajësisë. Nuk dihet a mund dhe ku mund të gjendet! Edhe nëse gjendet, nuk dihet si mund t'i gjendet ilaçi! Nëse ka ilaç". Kur e tha fjalën e fundit, fytyra iu shua fare.

"Pra, unë nuk jam më fajtor, Tim", thashë plot dyshim, pa ditur se çka mund të ndodhte vërtet tani, pasi faji e kish braktisur qytetin.

"E çka je ti, atëherë?", tha Timi.

"Unë?! ...Duke pritur", nuk i thashë as fajësinë, as pafajësinë. Vërtet nuk dija çfarë t'i thosha dhe si për t'i ikur tundimit pëshpërita me vete: "As me faj, as pa faj kësaj radhe, meqë faji paska ikur!".

Ishte në karakterin e Timit që të dukej si shumë i dijshëm,

por edhe misterioz. Ai vinte me të tilla informata gati të pabesueshme dhe të pavërejtura nga të tjerët, si ky me faj. Pastaj, vinin sqarimet e detajuara, që binin deri në minimumin e të besuarit. Mirëpo, një gjë ishte shumë e rëndësishme: Timi kurrë nuk kërkonte që dikush t'i besonte. Nëse ti shprehje ndonjë mosbesim në vështrime, ai nuk i kushtonte kurrfarë rëndësie. Me një fjalë, nuk ishte ndonjë kundërshtar ziliqar. Pastaj i pranonte kundërshtimet krejt qetësisht dhe, kur mendonte se nuk ia vlente të kundërshtohej, ikte me atë "kështu mendon ti". Por, kur kishte informacione si ky i sotmi e që nuk e kishte as vetë të qartë, nuk ishte shumë i zellshëm në bisedë, e mbante brenda si diçka të jashtëzakonshme dhe me heshtjen e tij e bënte edhe më të mistershme.

"Nuk jam fajtor, Tim! Nuk jam dhe nuk e pranoj kurrë që jam fajtor! E çfarë faji kam unë? Prita në radhë. Atë ditë të gjitha telefonatat ishin të gjata e të mërzitshme. Pastaj, më erdhi radha. Mora receptorin me dorën e djathtë dhe me gishtin tregues formova numrin. "Alo", thashë dhe dëgjova veç "al...", pastaj një zhurmë gati të fjetur dhe asgjë më. Thirra edhe dy a tri herë, "alo, alo, alo", por asgjë. Preka me gishtin tregues ndërprerësin e sinjalit. Ngrita receptorin, por asnjë sinjal! Lëshova receptorin dhe prita tri apo katër sekonda dhe përsëri asgjë, asnjë sinjal. Kontrollova kabllot dhe gjithçka ishte në vendin e vet. Tim, pse të jem fajtor? Jo, asesi nuk jam fajtor dhe nuk e pranoj kurrë se mund të jem", i thashë. Edhe ai dukej i humbur si faji apo dukej sikur po e kërkonte atë.

Pasi e shfajësova veten me Timin, m'u duk se u hoq një barrë edhe për idenë e tij se dikush e ndoshta gjithkush ishte fajtor për ikjen e fajit! U ndjeva disi i lehtësuar. Por kjo nuk më zgjati shumë, kur më në fund pashë nga larg dy të panjohur që erdhën. Folën diçka me rojën e derës, por meqë ishin jashtë xhamave pashë vetëm lëvizjen e buzëve dhe nuk kuptova asgjë. Nuk më thanë dhe as më pyetën gjë, vetëm më vunë prangat.

"Kush jeni ju?", pyeta plot trishtim, por asnjëri asnjë fjalë.

"Ju po prangosni një njeri të pafajshëm!", i thashë teknikut apo atij që mendoja se ishte tekniku, ndërsa tjetri, që kishte lidhur duart përpara e që ishte përgjegjësi apo mund të ishte përgjegjësi, injoroi tërësisht reagimin tim.

"Mundet ose së paku ashtu duhet të ishte, por gjithsesi jo ashtu", tha dhe heshti, sikur të thoshte se po arsyetohesha pa nevojë. Pastaj, si pa ndonjë dëshirë për të biseduar, vazhdoi: "Mundet, por kjo nuk do të thotë gjë. Ne nuk po kërkojmë fajin, por personin".

Një përzierje e rrëfimit të Timit për ikjen e fajit dhe prangimit tim krejt të papritur, më mbante në një gjendje të mjegullt. Së pari ndjeva ftohtësinë e hekurave në duar, pastaj disi m'u përmbys gjithë fotografia e asaj që po përjetoja. Sikur po humbja kontrollin dhe si përçart e pa farë shije bisede thashë:

"Ku e dini ju që jam unë personi që po e kërkoni? Së pari, kë po kërkoni? Unë nuk e prisha telefonin. Madje dje bëra një denoncim se ju jo që nuk e rregulluat, por nuk erdhët fare. Dje mund të më kishit burgosur. Pastaj, unë nuk desha që ajo të vdiste. Sot nuk munda t'i shkoja as në varrim, sepse nuk desha që ajo të vdiste! Si mund të shkosh në varrimin e dikujt që mendon se nuk ka vdekur?! T'ju them edhe këtë: nuk qava, edhe pse të tjerët qanë pranë meje! As ngushëllimet nuk i pranova! Nuk besoj se e dini këtë ose po bëni sikur nuk e dini", u thashë.

"Nuk di për çfarë telefoni po flisni! Nuk e di kush ka vdekur! Pra, ju mund të jeni i pafajshëm, por nuk jeni personi i gabuar. Duhet të kuptoni se askush nuk është i gabuar. A jeni ju Istref Bregu? Po. Nuk mund të thoni se nuk jeni. Kaq mjafton për mua. Nuk di më shumë dhe as që dua të di. Kam për detyrë vetëm t'ju shoqëroj. Kaq, të tjerat i merr vesh më vonë, por jo nga unë", tha tekniku apo ai që mendoja se ishte tekniku.

Nuk mund të gjeja ndonjë arsye tjetër, përpos ndonjë ngatërrimi. Tani që edhe faji ka humbur, mund të ndodhë gjithçka, por pse më kapi mua të parin ikja e fajit? Ndoshta nuk jam i pari? Mbase mund ishte e qëllimshme, por, gjithsesi isha më se i sigurt që diçka po shkonte keq. E derisa të sqarohej e gjithë kjo, ndjeva keqardhje për ata të dy. Megjithatë, nuk u sollën keq me mua. Nuk folën më. As unë nuk thashë asgjë, derisa shkuam në një ndërtesë, në derën e së cilës shkruhej me germa të mëdha: "PROKURORIA SUPREME E IDEVE". Kurrë nuk kisha dëgjuar për të. Nuk e dija ku ndodhej! Për çfarë idesh mund të ishte kjo ndërtesë ose për idetë e kujt? Të jepja unë ide?! Për çfarë? Të merrja ide? Për çfarë? Në fakt, gjithmonë më ka interesuar më shumë ideja sesa rrjedha e ngjarjes. Nganjëherë, duke përcjellë idenë, kam humbur fijen e asaj që ka ndodhur; ndoshta edhe kësaj radhe kam thënë ose kam bërë diçka që nuk është dashur ta bëja. A thua se prej idesë ndodhesha aty? Por nuk e kisha idenë se ku isha! Nuk mund të orientohesha se në cilën anë të qytetit isha. Nuk e dija a isha nën apo mbi dhe. Në cilin kat të nëndheshëm apo të mbidheshëm! Vetëm di që aty më afruan një karrige. Pastaj, përsëri ai tekniku i tha diçka me zë të ulët një gruaje, që rrinte në sportel. Ajo më vështroi, bëri me kokë dhe ata shkuan. Faji i tyre mbaroi këtu, ndërsa përkohshmëria e fajit tim vazhdoi tutje.

"Më duket se nuk i kuptova ata të dy, por as ata nuk më kuptuan! Shpresoj të më kuptoni ju dhe ta rregulloni këtë gabim, sepse besoj që është vërtet gabim. Nuk kam bërë asgjë që të më burgosni. Madje nuk e di në jam i burgosur. Vërtet, a jam i burgosur? Nëse po, pse? Nëse jo, pse po më mbani këtu nën pranga?", i thashë sportelistes, që gjatë gjithë kohës shikonte nëpër shkresa, pa shfaqur kurrfarë interesi për mua.

"Së shpejti do të vijë dikush që do merret me ju. Kaq di unë! Kaq shkruan në shkresat e mia. Kam për detyrë veç t'ju informoj për këtë, ndërsa atij tjetrit t'i tregoj që jeni këtu duke e pritur. Nuk di më shumë, nuk mund t'ju ndihmoj më shumë", tha ajo, ndërsa shkroi diçka.

Nëse secili është fajtor, atëherë askush nuk është fajtor! Nëse jam fajtor pra, mund që edhe të mos jem fajtor. Nuk e di çka i koftë atij që e ka zbuluar fajin! A ka qenë ai vetë fajtor? A mund ta zbulosh fajin pa qenë fajtor? Por, fakti që Timi më tha se faji paska ikur, më tmerroi fare. Por, unë nuk jam fajtor! Pse të jem fajtor? Ndoshta, jam... nuk guxova ta çoj më larg idenë. Tani për tani nuk e di, por di që dikush, mbase inspektori apo ai që mund të ishte inspektori, thirri emrin tim:

"Istref Bregu".

"Unë", thashë pavetëdijshëm, më shumë si përgjigje ndaj vetes sesa ndaj zërit. Dhe vazhdova: "Zoti inspektor, a mund ta di a jam i burgosur, apo do më burgosni?".

Ai nuk tha gjë, vetëm eci para meje, derisa iu afruam derës së fundit të atij korridori të gjatë.

"Pra, unë jam i burgosur dhe ende nuk e di?", përsërita edhe njëherë.

"Jo, nuk thashë asnjëherë se jeni i burgosur. Edhe nëse jeni apo do burgoseni, nuk është puna ime", ma ktheu ai.

Insistimi im për të treguar pafajësinë e secilit, filloi të më neveriste. Sa më shumë insistoja, aq më shumë e humbja arsyen ose po filloja të kuptoja atë që deri tani nuk e kisha kuptuar apo nuk kam dashur ta kuptoj.

"A po nisemi?", tha një zë, që, sa nuhata unë, ishte prokurori apo ai që mund të ishte prokurori.

"Kur po nisemi?", ia ktheva ende pa e ditur se për ku dhe për çfarë. Inspektori më kishte lënë aty, duke thënë se aq ishte puna e tij dhe se të tjerat do i merrja vesh më vonë, por jo nga ai. Ndoshta do kërkonim fajin si dëshmitar. Po ku e dinte ai se faji kish ikur, duke e lënë qytetin në duar e askujt? Ndoshta Timi e kish shpërndarë lajmin apo unë pavetëdijshëm kisha treguar! Ndoshta të dy kishim filluar ta kërkonim fajin? Mund të kishin kaluar disa orë, mbase edhe ndonjë ditë prej kur isha shkëputur nga rrjedhja e ngjarjeve. Nuk më kujtoheshin as si copëza të shkëputura. Të isha në kërkim të fajit? A isha me Timin? Po ku ishte Timi?

"A nuk po e gjen derën me dalë, a?", tha me humor prokurori.

"Ma vështirë është me e gjetë me hi!", ia ktheva.

M'u duk se e pranoi që humbi kësaj radhe, ndaj nuk foli, por ma bëri me shenjë që ta përcill ja. Për herë të parë pashë jashtë përmes një dritareje nga aty ku më la të prisja. Por nuk pashë asgjë të veçantë që të mund të orientohesha, ndonëse nuk e kisha fare qëllim kryesor orientimin. Përpara kisha një fushë jo edhe aq të madhe dhe pastaj drurë. Papritur, një njeri që po vraponte me tërë forcën drejt malit më zgjoi kureshtjen. Pas tij rendnin tre të tjerë, por jo me shpejtësinë e të parit. Me t'iu afruar malit, si të ishte një mur i pakalueshëm, i pari u ndal. Të tjerët iu afruan dhe, sipas të gjitha gjasave, po i flisnin diçka. Iu afrova dritares, që të mund të dëgjoja ndonjë gjë, por një tingull muzike, që vinte diku nga katet e larta të ndërtesës, më hoqi çdo shpresë se mund të kapja ndonjë fjalë. E shtrinë përdhe. Njëri nxori nga çanta litarë. Ia lidhën të dyja këmbët, pastaj i hodhën fijet e trasha në një degë. Dy prej tyre i tërhoqën fort, duke i lënë varur, diku një metër nga toka. I treti solli një karrige, e lidhën, ia vunë pas shpine, hodhën litarët në pemë dhe duke i tërhequr e sollën personin sikur të ishte i ulur me kokë poshtë. Pastaj sollën edhe një tavolinë, që po ashtu e lidhën me litarë dhe ia vunë para sikur personi ulur në karrige po lexonte diçka mbi tryezë. I treti u largua disa metra. Si duket bëri fotografi. Foli me dy të tjerët dhe u nis drejt ndërtesës. Sa vinte dhe figura e tij më qartësohej, por nuk më kthjellej ideja se kush ishte fajtori. Kush ishte fajtori? Çfarë faji kishte bërë ai i shkreti, që po e torturonin aq mizorisht? A bëhet që edhe ai të mos jetë fajtor? Po torturuesit, a nuk ishin fajtorë për torturën? Kush është fajtori këtu? A isha edhe unë fajtor, që rrija e shihja e nuk tregoja asgjë? Apo ikja e fajit është një faj, që askush nuk mund ta paguajë?

Ai që vinte drejt ndërtesës, u afrua aq sa munda ta shihja në kokë e poshtë. Instinktivisht u largova, nuk doja të më afrohej më shumë, por fotografia e tij sikur m'u fut në sy dhe më errësoi gjithçka tjetër. Po sikur të më kishte vërejtur, të vinte tek unë, të më merrte e të më thoshte: "Mirë, e pe, eja tani ulu edhe ti dhe bisedoni së bashku"? Sigurisht që së pari do ta pyesja në është frika më shumë faj apo faji më shumë frikë. Jo, më mirë të mos e pyesja fare, sepse ka kohë që edhe këtu kam filluar të kuptoj diçka që më parë as që më kishte shkuar në mendje. Ndoshta, por ende nuk jam i sigurt, por po filloj të kuptoj të vërtetën, që është vetëm një. Dhe kur e pranon këtë, nuk mund të kthehesh më kurrë mbrapa që të bësh edhe një herë të njëjtën rrugë ose ta ndryshosh atë.

"Mjafton për sot! Tani do të dalim", tha prokurori, i cili kishte ardhur pa u ndjerë fare. Kjo "mjafton për sot" më tmerroi fare. Mos vallë do të më sillte prapë aty, për të parë pjesën tjetër të serialit, të quajtur "faj"?

Jashtë ishte një pamje krejt tjetër nga ajo që pashë nga dritarja. Nuk kishte kurrfarë fushe, kurrfarë drurësh. Një mur i lartë dhe një copë toke me zall. Njerëz që ecnin në një rreth pa bërë zë, pa vështruar njëri-tjetrin, pa u ndalur.

Hyra edhe unë në rresht. Thashë "hyra në rresht" me vete dhe, vetëm pasi ndërrova disa hapa, arrita të kuptoja çfarë më tha mendja.

Në një qoshe kishte nxjerrë kryet një lule. Një bimë, më saktë. Dikush e kishte shkelur. E pashë ashtu të shtrirë përtokë dhe e kalova. Ecja në rreth dhe sytë i mbajta hapur ta shihja edhe njëherë. Edhe personi para meje m'u duk se priste të njëjtën gjë, por e pyeti as atë para dhe as ktheu kokën nga unë: "a e pe?". Kalova dhe e pashë përsëri, por as unë nuk e ktheva kokën t'i thosha atij pas meje: "po ti, a e pe?". Mbase e shkela unë. Mos vallë edhe për këtë jam unë fajtori? Apo që e pashë dhe nuk thashë asgjë? Një lule, bimë, a çka ishte? Po ai atje në pemë, kokëposhtë, sikur po lexonte, çfarë kanë bërë me të? Mos vallë edhe kjo ishte pjesë e serialit të fajit?

"Ti e shkele i pari", më tha sa u futëm në dhomë burri që ecte para meje.

"Kë?", ia prita.

"Atë që e pashë unë e që mendoj se e pe edhe ti", ma ktheu.

"Edhe ti e pe, a?", e pyeta.

"Të gjithë e kemi parë!", ma ktheu.

"Dhe askush nuk tha asgjë?", belbëzova.

"Fjalët e shkurta thonë gjëra të mëdha", ma ktheu, sikur deshi të më thoshte: "Kuptoje tani vetë".

"Unë, unë jam i pafajshëm. Dua të them se më kanë sjellë gabimisht. Nuk kam bërë gjë që të më burgosin", i thashë.

Ai më pa, rrudhi sytë disi çuditshëm dhe tha:

"I pafajshëm jam unë! Këtë e tha edhe gjykata! Tani shumë-shumë, edhe dy vjet e do dal! Janë edhe disa procedura administrative, siç po më thotë edhe avokati, dhe do dal".

"Edhe sa?", kërceva kur dëgjova që flitej për vite.

"Paj, nëse jo dy, nuk shkon më larg se katra!", tha ai qetësisht.

Më tmerroi fare qetësia e tij. Pastaj më tregoi se para tetë vjetësh e kishin burgosur gabimisht. Këtë ia kishte vërtetuar edhe gjykata supreme para dy vjetësh dhe tani ai po priste fundin e burgut, që ai e quante "procedurë administrative", e do dilte.

Heshtja mbuloi tërë hapësirën e dhomës dhe faji më rëndoi mbi sy. Ai i treti, që më ishte futur në sy, sikur doli dhe u palos para dere. A doli nga unë, a erdhi tek unë? Nuk e di! I tha atij që ishte me mua në dhomë që të dilte.

"Dua të flas me ty", tha, pasi më pa nga koka te këmbët.

"Kush? Pse?!", i thashë i tmerruar. Më paska parë dhe do të më shpinte tek ai në pemë. Kisha harruar çfarë do bisedoja me të. U përpoqa të kujtoja çfarë kisha menduar ta pyesja.

"Unë", tha.

Herë më bëhej si torturuesi i tretë, herë si i torturuari i pemës. Jo, jo, duhej të ishte i treti.

"Ti je i pafajshëm dhe unë do të shpëtoj", tha dhe më vështroi prapë, por tash nga këmbët te koka.

Ky të më shpëtojë mua? Si e di ky që unë jam i pafajshëm? Kush i ka thënë? Mos vallë Timi? Mos e bëj zot që ky ta ketë rrëmbyer fajin dhe tani mundohet që ta zëvendësojë dhe të vendosë sipas dëshirës! Mos është ky vetë ai, desha të them faji?

"Po, po, unë do të të shpëtoj", tha.

"Por, unë jam i pafajshëm. Këtu më kanë sjellë gabimisht, besoj se është veç një gabim", ia ktheva.

Jashtë po bënte kriminelin, brenda po bënte shpëtimtarin. Kush ishte ky?

"Kush je ti?", e pyeta, shtyrë nga mendimi e jo nga arsyeja. Por shpejt u pendova.

"Çdo histori e re vjen nga një histori e vjetër. Kaq! Nuk të duhet të dish më shumë! Por, unë do të të shpëtoj. Përndryshe mund të dënohesh me vdekje".

"Me vdekje?!", bërtita. "Por jam i pafajshëm. Ti vetë e the pak më parë", thashë plot trishtim.

M'u fut përsëri në sy apo doli jashtë, nuk e mora vesh, por që mund të dënohesha me vdekje dhe se ai mund të më shpëtonte, më sillej në kokë. Nuk kisha shumë zgjedhje! Ose të pranoja vdekjen ose dorën e tij, të atij që jashtë kishte kryer krimin.

Duhet të ketë qenë pasdite kur erdhi një burrë e më tha se ishte apo mund të ishte avokati im. Më dërgoi në një sallë gjyqi. Nëse deri këtu gjithçka ishte e pa paramendueshme, salla e gjyqit ishte ashtu siç e kisha parafytyruar. Më tha të ulesha dhe të mos flisja pa më thënë ai. Pas disa minutash, të gjithë u ngritën në këmbë. Instinktivisht u ngrita edhe unë. Radha e gjyqtarëve dhe disa njerëz nga anë të ndryshme të sallës ndërruan disa shkresa. Një grumbull letrash ia dhanë avokatit tim. Ai më pa dhe përsëri më urdhëroi të mos flisja pa lejen e tij. Nuk i thashë as po, as jo.

"Istref Bregu", thirri gjyqtari apo ai që mund të ishte gjyqtari. "Ngrihu në këmbë!", dhe filloi të lexonte. Shpesh nuk isha i sigurt nëse po fliste për mua. Po ku i dinte ai të gjitha ato? Ku e dinte ai se unë me dashje e kisha prishur telefonin dhe kisha treguar arrogancë ndaj një të vdekuri? Nuk kisha patur as minimumin e respektit kur më kishin ngushëlluar, isha sjellë si i pafajshëm e kisha injoruar ligjet e shtetit.

Ndërsa ai lexonte, i treti, që më ishte futur në sy, më doli para! Nuk e di a doli, a erdhi! Por tashmë më shihte nga disa metra. Nuk pata fije dyshimi që ishte ai, i treti. Ishte koha më e përshtatshme t'u thosha se nëse donin të dënonin një të fajshëm, ja ku e kishin. Por kush do të më besonte? E kisha harruar fare gjyqtarin. Vetëm kur ai bërtiti, u ktheva në sallë.

"Istref Begu, a ndiheni fajtor për të gjitha këto që thashë?".

Avokati m'u afrua dhe më tha diçka. Të them të drejtën as e kuptova e as e dëgjova. U ktheva nga ai i treti; m'u kujtua ajo që më kishte thënë për dënimin me vdekje dhe se ai mund të më shpëtonte.

"Istref Bregu, po ju pyes edhe një herë të fundit, a ndiheni fajtor?", pyeti gjyqtari, me zë më të fuqishëm.

Ai, i treti, më pa! Nuk e di çka deshi të më thoshte, por nuk e lashë as të ma bënte me shenjë.

"Po, jam fajtor!", thashë. E gjithë salla ra në heshtje. Një heshtje, që kurrë nuk e kisha përjetuar më herët. "Po, jam fajtor", përsërita.

Gjyqtari nuk lexoi asgjë më. Mblodhi letrat në çantë dhe me një zë të çjerrë shpalli:

"Me vdekje!".

Shushurima mbytëse e sallës "me vdekje" erdhi deri tek unë. U rrotullova ta gjeja atë, të tretin, por ai as nuk m'u fut në sy, as nuk e pashë kur u tret.

"Po, jam fajtor", thashë për herë të tretë, por nuk e di kujt ia thashë.

Naun Shundi

DRAMA

RL BOOKS

Intervistoi Arbër Ahmetaj

Intervistuesi: *Kam ardhur të flas me ju për teatrin, për karrierën si aktor e, së fundi, edhe si autor dramash! A mund të na flisni pak për këtë aventurë?*

Naun Shundi: Udha ime si aktor ka nisur që në shkollë. Si kushdo që ëndërron të bëhet dikushi, le të guxojmë e të themi edhe "i famshëm", dhe unë guxova. Fakt është që s'u bëra "i famshëm", por aktor me një karrierë të natyrshme. Dalja ime e parë në skenë daton që në fillore. Organizoheshin atëherë olimpiada ndërmjet shkollave të të gjitha niveleve e po ashtu edhe ndërmarrjeve prodhuese. Kishte një kujdes për masivizimin e artit skenik. Tashmë këto gjëra nuk ekzistojnë më. S'po them që cilësia e atyre veprimtarive në atë kohë kishte ndonjë nivel të lartë, por pjesëmarrja ishte e gjerë, shpesh edhe me detyrim. Kjo ndoshta ka sjellë shtimin e njerëzve, pra edhe të fëmijëve, që donin artin skenik apo çdo lloj forme tjetër të artit. Ishte një mundësi për t'u shprehur, për të bërë diçka që u pëlqente. Pastaj, udha ime vazhdoi me shkollën e mesme, një shkollë kulture që përgatiste kuadro të mesëm, aktorë e regjisorë, të cilët do të merreshin pikërisht me vijimin e këtij masivizimi nëpër teatro e shtëpi kulture. Kjo, në mënyrë të natyrshme, bëri që të ndiqja studimet në ILA për aktor dhe t'i mbaroja në vitin 1983. Që nga ajo kohë kam punuar aktor në Teatrin Popullor e vazhdoj edhe sot në Teatrin Kombëtar.

Intervistuesi: *Po bëhen gati 40 vjet nga diplomimi juaj. Ndërkohë shumë gjëra kanë ndryshuar. Ju, si aktor, keni përvetësuar një shkollë të lojës skenike. Cilës metodë i përket ajo shkollë dhe a është e mundur të shkëlqesh në një stil tjetër loje, pas një përvoje të caktuar?*

Naun Shundi: Le të themi që në fillim që çdo shkollë aktrimi ka të drejtën e ekzistencës. E rëndësishme është cilësia e jo mënyra e interpretimit. Në Shqipëri kemi pasur e kemi edhe sot një shkollë aktrimi, që bazohet në të vetëndjerit. Pra, larg metodës së Bertold Brecht, që bazohet te distancimi, apo shkollave të tjera. Kjo është tradita jonë. Ne kemi përqafuar qysh herët metodën e aktrimit të Stanislavskit. Kjo shkollë ka shërbyer si bazë metodologjike për shumë breza aktorësh e vazhdon edhe sot e kësaj dite të ketë ndikimin e saj.

Intervistuesi: Po i largohemi teorive: në cilat pjesë teatri apo lloje filmi do të donit të luanit e në cilat jo?

Naun Shundi: Po e filloj nga pjesa e dytë. Nuk do pranoja të luaja në një vepër që vihet në skenë ose realizohet nga një regjisor jo cilësor. Sepse aty fillon e keqja; ai mbledh rreth vetes edhe staf dhe aktorë jo cilësorë. Ka dy komponentë që përcaktojnë suksesin personal të çdo aktori. Nëse u referohemi dramave shqipe, por edhe atyre të huaja të vëna në skenë apo edhe filmave europianë e hollivudianë, nuk di raste kur një aktor të ketë shkëlqyer në një film me regji të dobët apo me staf të dobët. Kjo është e pamundur. Një aktor shkëlqen kur ka regji të mirë, kolegë e partnerë të mirë.

Intervistuesi: Do i rikthehemi prapë kësaj teme, por dua të di: çfarë kërkimesh bëni e sa zgjasin ato përpara se të realizoni një rol të ri? Pra, përveç punës në tavolinë apo në skenë me partnerët, çfarë i duhet aktorit për të sendërtuar personazhin e tij?

Naun Shundi: Ah, kjo është një pyetje me interes. Ndoshta përgjigja do u interesojë kolegëve më të rinj në moshë. Puna e parë pas pranimit të rolit dhe leximit të tekstit është studimi i kushteve ekonomike, gjendjes sociale, vlerave etike e kulturore, i paragjykimeve e forcave frenuese të asaj shoqërie, i embrioneve të ideve të reja që nisin të çelin, qofshin progresiste apo frenuese, pra konteksti i shoqërisë njerëzore në të cilën është vënë personazhi. Kështu hyhet në mentalitetin dhe psikologjinë e njerëzve të asaj shoqërie që i përket personazhi. Pas kësaj, s'ka gjë më të rëndësishme se sa njohja e plotë e krijimtarisë së autorit, kush ishte ai në atë epokë e çfarë rruge ka përshkuar vepra e tij. Se ndodh shpesh që autori të mos ketë shkruar fare për kohën në të cilën ka jetuar vetë fizikisht. Shembujt e dramave me subjekte nga lashtësia apo të atyre futuriste janë të shpeshta në dramaturgjinë botërore. Pra, jeta dhe krejt krijimtaria e autorit ka rëndësi primare. Kjo të ndihmon të kuptosh se pse autori ka zgjedhur të merret me këtë apo atë konflikt, me këtë apo atë karakter personazhi, çfarë e ka shtyrë t'i kushtojë kaq vëmendje. Duke kuptuar këto, mund të marrim me mend pse e ka shkruar veprën, pse e ka skalitur personazhin. Pastaj ka edhe detaje më të hollësishme, të cilat një aktor duhet t'i marrë parasysh: si flet personazhi? Si lëviz? Si i shikon të tjerët rreth e rrotull vetes? Si i përjeton ato që i thuhen, ato që ndodhin? Si do të mund të reagonte nëse do vihej në situata, që as nuk janë të përfshira në veprën skenike? Këto janë pjesë e punës së aktorit. Personazhi do rrijë në skenë maksimumi një orë, por duhet të sjellë me vete krejt jetën e tij.

Mund të them, si përmbledhje të pyetjes suaj, se puna në tavolinë 4-5 orë në ditë është me rëndësi, pasi mund të shpërfaqësh përmes dialogëve e marrëdhënieve mes kolegëve atë që ti ke përgatitur më përpara në mënyrë individuale. Në tavolinë paraqitet puna në hije e aktorit, kërkimi personal për thellësitë e dritë-hijet e personazhit. Mund të shtoj këtu se nga fillimi i provave deri në natën e premierës, puna zhvillohet me intensitet të lartë, me prova para e pas dite, e zgjat maksimumi dy muaj. Mund të pyetet: po sikur të punonit gjashtë muaj apo një vit, a mund të dalë më e mirë shfaqja apo roli? Përgjigja ime është jo. Puna jonë i ngjan pikës së vlimit. Vendos ujë në zjarr: kur temperatura arrin njëqind gradë, arrin vlimi. Pas kësaj, uji veç do avullojë. Nuk ndryshon asgjë. Uji i valuar nuk përmirësohet, as dëmtohet, po ta lësh të ziejë më gjatë.

Intervistuesi: *Nëse do të kishit në dorë të ndryshonit diçka në fëmijërinë apo rininë tuaj, me shpresë se do bëheshit aktor më i mirë, çfarë do të ishte ajo?*

Naun Shundi: Unë i njoh vetes dobësi dhe s'më vjen turp të them që kam dështuar shumë herë në rolet që kam bërë në skenë. Kur sjell ndërmend ndonjërin prej tyre sot, them me vete "bu-bu, sa keq e paskam bërë!". Me kalimin e kohës fillon e vetëkorrigjohesh...

Intervistuesi: Po flas për një periudhë delikate të jetës së njeriut, që përcakton shumë në atë që bëhemi. Çfarë do ndryshonit ju, nëse vërtet do të mund të ndryshonit diçka?

Naun Shundi: Në formimin tim si aktor s'do ndryshoja asgjë. Dihet që mjeshtëria vjen gradualisht. Nuk mund të quhesh aktor i mirë me një rol, sidomos kur je i ri. Sigurisht, mund të shkëlqesh me një personazh në një film apo pjesë teatri. Ajo që do doja të ndryshoja ka të bëjë me të vetëndjerit. Sa më i papjekur je në moshë e si aktor, aq më mendjemadh je. Kjo më ka ndodhur mua. Kam vënë re që u ka ndodhur edhe të tjerëve. Por intuitivisht, me kalimin e viteve, fillon e bëhesh më modest, sepse kupton që kjo punë s'ka fund kurrë...

Intervistuesi: Kjo përgjigje më ndihmon të kaloj tek tjetra. Nëse do të takonit aktorin e ri Naun Shundi, në fund të viteve '80, çfarë këshillash do t'i jepnit?

Naun Shundi: Ulu me këmbë në tokë! Duaje të vërtetën e hidhur për veten! Komplimentet nga vajzat e reja mos i merr si aktor, por thjesht si një djalë i ri i pëlqyer! Mos përfito nga të qenit njeri publik! Përpara se të të zërë gjumi, çdo darkë është e mira t'i kujtosh vetes dhe të gjykosh çdo gabim që ke bërë atë ditë si njeri dhe si krijues. Megjithëse "më falni" hyn te fjalët magjike, përpiquni ta evitoni atë duke mos gabuar.

Intervistuesi: Që do të thotë?

Naun Shundi: Që do të thotë t'i lësh të tjerët, pa të ngelur hatri, të të kritikojnë. Jo të të shajnë, por të të orientojnë duke të vënë në dukje, në radhë të parë, të metat. Jo të mirat, se pastaj zgjohet brenda vetes dëshira për të fluturuar... ju e njihni shprehjen "fluturon me pras". (Qesh)

Intervistuesi: Cili është roli më i mirë që keni luajtur, më i vështiri dhe më pak i realizuari?

Naun Shundi: Role të këqija kam shumë, ndërsa më të mirin nuk e kam luajtur akoma.

Intervistuesi: Sapo keni botuar katër drama si autor.

Kur shkruani, preferoni të jeni origjinal, të thoni me çdo kusht ato që doni ju, apo përpiqeni të bëni kompromise për të sjellë në shkrim e më vonë edhe në skenë atë që preferon spektatori?

Naun Shundi: Shkruaj se kështu më vjen. Nuk më detyron njeri. Kuptohet që nëse, unë ose autorë të tjerë, s'kemi gjë për të thënë, është më mirë të mos shkruajmë fare, ndryshe do shkruanim budallallëqe. Budallallëku është një cilësi njerëzore, që nuk i lejohet një autori. Megjithatë, mençuria e çdo krijuesi nuk matet vetëm me faktin se çfarë hedh në letër, por si lexohet nga lexuesit. Këtu lind dhe pikëpyetja ose dilema kryesore e çdo autori: kam apo jo të drejtë që përjetimet, emocionet, gjykimet, analizat dhe sintezat e mia për realitetin t'i bëj publike, duke ndikuar në një farë mënyre tek opinioni i shoqërisë?

Por unë shkruaj se kam diçka të veçantë për të thënë. Shkruaj spontanisht, kur më vjen. Por s'kam asnjë nxitim; një punë e nisur sot, mund të mbarojë pas gjashtë muajsh apo një viti. Hedh shënime, ide herë pas here e kur shoh që po merr shpirt vepra e ardhshme, atëherë ndihmohem nga zonja ime, pasi unë flas e ajo shkruan. Unë s'di ta përdor kompjuterin. Me këtë sekret ndoshta do qeshin lexuesit e rinj të revistës suaj. Jam i epokës së lapsit e letrës. (Qesh)

Intervistuesi: Pra, ju si aktor, në njëfarë mënyre i interpretoni tekstet që ia diktoni zonjës...

Naun Shundi: Jo, nuk ndodh kështu! Sepse nuk kam luajtur në asnjë prej veprave të mia. Nuk i shkruaj për veten. Kam parasysh veç personazhet, të cilët i njoh shumë mirë edhe pse s'i kam takuar kurrë në jetë.

Intervistuesi: Nga fundi i viteve '90, unë vija në teatër çdo javë. Pas një shfaqjeje, një spektator ju tha: "Ju ishit i vetmi që shkëlqyet në skenë". Ju iu kthyet me seriozitet e vendosmëri: "Nuk është e vërtetë! Është e pamundur!".

Naun Shundi: Nuk më kujtohet ky detaj, por më duhet të them se, nëse një aktor shkëlqen, nuk mund të jetë kurrë veç meritë e tij, por e gjithë ekipit. Sepse, në ndryshim nga një piktor apo interpretues instrumentist, që mund të shkëlqejnë individualisht, aktori është pjesë e një ansambli, e një arti kolektiv. Pra, varet nga regjisori, nga partnerët, nga krejt stafi mbështetës, rekuizita, skenografia, muzika, ndriçimi. Është një art shumë kompleks e nëse një nga këto gjymtyrë të teatrit nuk funksionon si duhet, është e pamundur të realizosh një rol të shkëlqyer.

Intervistuesi: *Shumë shfaqje identifikohen me rolin kryesor. Mbaj mend Kadri Roshin duke luajtur Ezopin. Gjithë mbrëmjen në skenë; i mrekullueshëm! Por më vjen ndërmend edhe roli juaj te filmi "Koha e kometës". Berberi i Princ Vidit. Dy-tri minuta prani në ekran, por aq mbresëlënëse…! Pra, disa aktorë luajnë role të mëdha, disa të vogla…*

Naun Shundi: Më lejoni të perifrazoj një thënie të famshme, që e përdorim shpesh në botën e teatrit dhe të filmit: "Nuk ka rol të madh apo të vogël, por ka aktorë të mëdhenj e të vegjël". S'po flas për veten, ju lutem, po transmetoj atë që kam dëgjuar, frazë së cilës i besoj.

Intervistuesi: *Tek roli i berberit ka një afërsi të madhe mes portretit tuaj, briskut dhe fytyrës së Princit Vid. Partneri juaj i trembej më shumë butësisë suaj hileqare, apo tehut të pashpirt të briskut? Loja juaj aty është impresionuese…*

Naun Shundi: Impresionuese për mua ishte të kisha partner një nga aktorët më të mirë gjermanë, Thomas Heinze. Ajo që e bënte edhe më shkëlqimtare impresionin tim, ishte fakti se ai pa ditur asnjë fjalë shqip e kishte mësuar tekstin përmendësh me një saktësi të madhe. Aksenti i huaj veç i jepte hijeshi lojës së tij. Arrita të kem një kuptueshmëri shumë të mirë me të si personazh. Po le t'i sigurojmë lexuesit e revistës suaj se nga brisku im nuk do t'i vinte asnjë rrezik, pasi ata të rekuizitës më dhanë një brisk pa teh! Do i hiqja veç shkumën nga faqet e rruara më parë.

Intervistuesi: *Ju jeni rritur në ndërtesën e ish-Teatrit Popullor, më pas Kombëtar, që u rrënua. Më interesojnë ndjeshmëritë, përjetimet tuaja si fëmijë i asaj shtëpie dhe si aktor.*

Naun Shundi: Disa nga ato copëza "pupulite", pllaka tallashi të presuara, që u zgjodhën si "casus belli" për rrënimin e teatrit të ndërtuar para Luftës së Dytë Botërore, i kam vendosur në murin e shtëpisë sime. Si shenjë e atij tempulli, që u nëpërkëmb, u shemb, me shpresën se do harrohet. Por unë nuk mund ta harroj kurrë. Kur shoh ato copëza, më kujtohen me dhjetëra e dhjetëra aktorë, zërat, djersa, gëzimi, drama, duartrokitjet dhe ngrohtësia e publikut.

Intervistuesi: Shkolla e teatrit pranë ILA-së dhe teatrot në vetvete arritën në nivel të kënaqshëm cilësie; aktorë, regjisorë të talentuar, por gjithsesi të mbyllur. Dëshirat e tyre për të parë, për t'u krahasuar me kolegët e vendeve të tjera, për të parë se si punojnë ata... Ju keni qenë në Teatrin e Bukureshtit.

Naun Shundi: Ka rëndësi e vlerë të madhe, pasi çdo artist duhet të ballafaqojë vlerat, por edhe dobësitë e tij me komunitetin artistik kudo në glob. Sepse ashtu do dijë të pozicionohet më me lehtësi se ku është në sistemin e vlerave europiane e më gjerë. Veç kështu mund të vetëgjykohemi për arritjet dhe dështimet... Përvoja ime në Teatrin e Bukureshtit, një ndër më të mirët në shkallë europiane, ishte e jashtëzakonshme. Për gjashtë muaj kam jetuar në teatër, kam parë me dhjetëra shfaqje nga trupa nga më të mirat. Isha pranë regjisorit të njohur Mihail Manolesku, të cilit i jam shumë mirënjohës. Ata e kishin fituar lirinë e krijimit para nesh. Përvoja e fituar më ka ndihmuar të vë në skenë, si regjisor, rreth katërmbëdhjetë vepra, prej të cilave veç dy janë të autorëve të huaj. Të tjerat janë nga autorë shqiptarë, gjë që më jep shpresë se teksti dramaturgjik në gjuhën tonë është në rrugë të mbarë. Por kjo prirje duhet nxitur, pasi një autor shqiptar i flet shumë herë më shumë, më bukur dhe më direkt shikuesit tonë sesa një i huaj.

Intervistuesi: Pikërisht kjo dëshirë, pra nxitja e dramës shqipe, ju ka bërë që në shtëpinë tuaj të filloni ndërtimin e një teatri dhome, "Zonja e Bujtinës"? Si do jetë ky teatër, sa spektatorë mund të nxërë, sa aktorë mund të luajnë në skenë? E shihni edhe si mundësi fitimprurëse?

Naun Shundi: Po, dëshira e madhe për nxitjen e dramaturgjisë shqiptare më bëri të hap dyert e shtëpisë. Salla do mbajë rreth 40 spektatorë, ndërkohë që në skenë do të mund të luajnë maksimumi pesë aktorë. Për sa i përket pjesës tjetër të pyetjes, nuk e di deri më sot se kush është bërë i pasur me teatër. Do zoti e kam atë fat, por nuk besoj se jam një përjashtim aq fatlum! Teatri për mua është çështje pasioni dhe vetëm pasioni.

Intervistuesi: *Në vitin 1985, direkt nga Teatri Popullor ju shkuat në Tropojë. Shpesh e keni përmendur si një nga përvojat tuaja më pasuruese. Mund të na thoni diçka më shumë?*

Naun Shundi: E konsiderova si një aventurë për të shuar etjen time njerëzore për të jetuar diku tjetër. Fati im i madh qe se atje gjeta njerëz të mrekullueshëm. Bashkëjetova e bashkëpunova me ta. Ishte një ambient shumë mikpritës. E kam ndjerë veten mes miqsh të mirë.

Intervistuesi: *Po nana Poli, nëna jote, çfar roli ka pasur në jetën tuaj*

Naun Shundi: Ajo është qetësia, frymëzimi, konforti shpirtëror, përkrahja e ndihma, e mbi të gjitha ajo që më dha jetën që vazhdoj ta jetoj.

KIKI DIMOULA

Ngurrim ndjenjash

Të quajnë të pavendosur, mos i dëgjo;
i ndjeshëm je, ngurron
të zgjedhësh, përgjithësisht vështirësohesh
të refuzosh.

Kaq kohë që rropatesh mes
njërës a tjetrës gjë
u lidhe ngushtësisht me to.

Ndjenjë bëhet në fund dyzimi
do që të dyja t'i mbash
por është ligj - të parapëlqesh.

Zgjidh atëherë
atë që të sugjeron pasiguria.
Rrallë ndodh të gabojë.

Mos kërko cila është më e mira.

Më e mira destinohet
për zotin tonë më mirë.

Njëjtë me yjet

Më fajëson që s'jam
mikpritëse ndaj të kërcënuarve.
Gabon. Jam mikpritëse
jo vetëm me ta
por edhe me
krejt të pambrojturit
që u kanoset një rrezik i madh.

Duhet të përllogaritësh edhe të vdekurit.
U pëlqen të qëndrojnë këtu
s'e merr dot me mend sa hapësirë jete zënë.
Mos më fajëso, i mirëpres të gjithë
edhe gjithçka tonën
brenda këtyre rreshtave.
Po të hapësh shkrimet tona të shenjta
ndodhemi të tërë aty.

Ngjeshur-ngjeshur sigurisht
ndaj s'na sheh
por veçse disa
metra katrorë - fjalësh kam në zotërim.
Jepna ndonjë hektar më tepër
nga i pafundmi qiell
që të shtrihemi pakëz më tej.
Na riformëso
që të banojmë ne njerëzit afër teje
dhe adhurimi ynë të arrijë
me ëndje të kundrojë yjet

si të qemë të njëjtë.

Ujku dhe kecat

I Plotfuqishëm
ndryshe i mendonim
ndryshe na erdhën.

Ortodokse u mat
feja e besimit tonë
dhe sado që
depërtoi
një dyshim
idhujtar
kurrfarë rëndësie nuk i dhamë
asgjë nuk e pakësoi
besimin në tërësi
mbi ty
u dhamë plotësisht.

Të sigurt u qetuam
të hapura tejpërtej linim dyert
hynin e dilnin yjet
rojtarë jashtë qëndronin ëndrrat
i mori gjumi një natë

hyri ujku
i copëtoi
gjithë kecat.

Vallë shpëtoi a s'shpëtoi
keci më i vogël
fshehur pas orës së dorës?

Edhe ai, atje e gjeti të fshihej
në gojën e ujkut?

Shqipëroi Eleana Zhako

FLURANS ILIA

Lufta e Tretë e Mamuthëve

Pëlhurë e skajshme endur me gishta dhe mendje të hollë është kjo mjegull që mbështjell fushnajën e paanë. Nëpër ajër ndihet ngazëllimi që buron nga zemrat e njerëzve. Kopeja e mamuthëve gjendet aty pranë. Jo shumë larg kafshëve shtrirë rrafsh me rrafshin, rrafshëtarët përgjojnë gjahun me heshtat e thepisura ndër duar.

U bë gjatë që mezi e mbushin barkun me vemje dhe rrënjë. Një fërshëllimë e përhumbur e zogut të paradoksit paralajmëron praninë e gjahut. Tingujt e vetmisë përzien me fëshfërimën e fijeve të barit, tiktakun e zemrave, zukatjen e insekteve, hungërimën e shtruar baritone të mamuthëve. Gjithçka është këtu. Pas gjithë atyre lutjeve, shpresat e tyre nuk kanë humbur. Të gjithë janë në pritje të sulmit të shumëpritur. I kanë ngulur sytë te Kryeshigjetari, si një mace e egër në gjunjë, i cili fërkon dy gurë stralli mbi një copë eshkë dhe çohet në këmbë. E vendos eshkën mbi shtëllungën e barit të thatë mbështjellë në majë. Një fjollë e hollë tymi fillon e lëngon. Shtrin krahun sa hapësira e heshtës dhe e lëshon vrullshëm mbi savanë, duke shpuar pëlhurën e bardhë të mjegullës.

Si të kishin mbirë nga dheu i fushtinës, qindra zëra, klithje e heshta u vërvitën me vërtik drejt e mbi kryet e mamuthëve. Fshikullim shigjetash. Mish i shpuar në zverk. Thirrje të uritura. Rënkime kafshërore. Maja shigjetash që ngulen në kockë. Era e bajgave të mamuthëve përzier me aromën e barit të porsadjegur. Aromë e freskët gjaku. Këmbë që përshpejtojnë hapat. Hapa që pengohen nën këmbë. Trupat e mamuthëve shemben mbi të pëgërat dhe gjakun që kullon çurg mbi llucë. Sërish klithje. Dhimbje kockash të çarfalitura. Brinjë të shkallmuara. Trokthe putrash që marrin arratinë. Tre mamuthë të shtrirë sa gjatë e gjerë.

Kryeshigjetari i çan gjoksin Kryemamuthit, që po jep lëngatën e fundit me një shtizë të ngulur në sy. Fytyrat ngadhënjimtare mbështjellin trupat ende të avullt të kafshëve, që janë duke dhënë shpirt nën dhëmbë. Kryeshigjetari shkul prej trupit të ngrohtë të kafshës zemrën që përpëlitet. Me atë masë muskujsh përpëlitës dhe gjaku bubrrues, e ngul organin vital mbi majën e heshtës dhe nis e i këlthet turmës me brohoritma triumfuese.

- Fitore! Fitore! Fitore!

Shpura e fisit ia kthen me uri.

- Lavdi! Lavdi! Lavdi!

Brohoritma e fisit të Petashuqëve jehon në hapësirën e madhërishme të asaj fushnaje, që në realitet është veçse një copë fushtinë e quajtur Liliko. Hareja e tyre nuk zgjati aq sa për t'ua shuar tërësisht urinë. Një shigjetë me kërbishte kockeje në majë, e lyer me helm, përshkon hapësirën e ndezur dhe ngulet mu në syrin e Kryeshigjetarit të Petashuqëve. Si të mbirë nga dheu, Petashuqit trupvegjël gjenden të rrethuar nga fisi i Sheshtaxhinjve, zbritur nga kanionet gjigande të luginave të thella të Çupetes.

Mjekroshë e vetullzinj, veshur me lëkurë mamuthësh, Sheshtaxhinjtë udhëhiqen në sulmet e tyre përherë nga ujqër të zbutur. Të hapërdarë dhe të çoroditur nga ky sulm i papritur, të mbetur pa prijës, Petashuqit zbythen. Braktisin gjahun dhe ia japin vrapit nga sytë këmbët nëpër savanë, sërish të uritur.

Kryemjekërtari i Sheshtaxhinjve i kërren syrin e ngelur Kryemamuthit. E gëlltit të gjallë. Vështron kundërshtarin, që është duke dhënë shpirt me shigjetën e helmatisur në njërin sy.

- Uhhhfff...! – hungërin dhe syri i dridhet nga kënaqësia e këtyre pamjeve me sy të shpuar.

- Jemi ushqyer me zvarranikë të pjekur dhe supë me lakuriqë nate mbërthyer shpellave të luginës së Çupetes. Tani... jaaa! Për të gjithë! Mish mamuthiii!

Sheshtaxhinjtë brohorasin. Ujqërit e zbutur shqyejnë zhapat e këllqeve të viktimave.

- Lavdi! Lavdi! Lavdi! - brohoret e uritur turma.

Kryemjekërtari kërpitet i krekosur, pa e ditur se pikërisht brenda atij çasti, fatlum a fatkeq, lumturia e Sheshtaxhinjve është e rrethuar nga uria e fisit të Tokësheshtëve. Tokësheshtët njihen si zbutës të kuajve të egër të racës së lëngatës. Sa hap e mbyll sytë, Sheshtaxhinjtë gjenden të kapur në befasi. Topuzi i rëndë i Kryekalorësit të Tokësheshtëve përplaset mbi një nga sytë e Kryemjekërtarit, që aq e pat. I ngelur tashmë edhe ky me një sy, kërkon syrin e shkalafitur mbi rrafshin e përbaltur, shkelur nga thundrat e kuajve të racës së lëngatës. Një goditje e dytë ia ndan kafkën më dysh!

Kur vunë re se ngelën pa prijës, Sheshtaxhinjtë ia japin vrapit nga sytë këmbët, andej nga erdhën. Futen thellë luginës së ngushtë të Çupetes, që në realitet nuk është aspak një kanion gjigand, si e glorifikojnë ata, por një vrimë diku mes malesh, sa për t'i mbijetuar sulmeve të armikut.

Tokësheshtët e lidhin gjahun pas kuajve. Përshkojnë si legjionarë të vërtetë fushën e Lilikos, marshojnë luginës së ngushtë të Çupetes e dalin mbi viset majëlarta në shpatin e përndritur të Marakuja Azedos. Drejt atyre majave kryelarta, Kryekalorësi po mendon lavdinë e fisit të tij. Sepse çdo fis jeton për lavdi. Midis kësaj përkundjeje gjumëvënëse, nga ritmi i trokthit të kuajve, Tokësheshtët gjenden të rrethuar jo nga një, por nga dy fise të bashkuara. Dystabanët dhe Tokëdystët.

Dystabanët kanë një shputë këmbe mu si trung peme. Vallahi, pëllëmbën e dorës sa një putër ariu. Arma e tyre vrastare janë trarët dhe gurët, që i lëshojnë nga largësi të paparashikuara me një lloj shpikjeje, sekretin e së cilës e zotërojnë vetëm ata.

Vijnë nga Marsiano, krahinë prej nga ku vijnë edhe Tokëdystët, që, në fakt, nga Dystabanët kanë dalë, po hajde mo, histori e gjatë kjo. Dy fiset po aq sa përzihen në dasma dhe varrime, aq edhe grinden midis tyre për shenjat e territorit, hartat topografike, gardhet, muret, pronat, eposin, varrezat, puset dhe depozitat e lotëve. Përplasje të forta kanë ndodhur rreth meselesë se kush e ka shpikur djathin kaçkavall. Kush e bën më të mirë kaçkavallin? Por në raste lufte, sulmesh hegjemonie, mbrojtje territori, e shmangin debatin e vjetër të djathit dhe dinë të bëhen një e të flasin gjuhën e përbashkët të triumfit.

Tokësheshtët e çoroditur nuk e kuptojnë se gjenden nën artilerinë vrastare të kundërshtarit. Gurë që vërshojnë si breshër nga qielli, nga të gjitha drejtimet. I goditur pas koke, Kryekalorësi, nga përgjumja e vogël nanuritëse, këputet si presh nga maja e kalit drejt e përdhe, me sy të perënduar drejt gjumit të madh pa kthim. Dystabanët dhe Tokëdystët sulmojnë ballas me çomange, me ç'të gjejnë përpara tashmë. Tokësheshtët braktisin gjahun dhe grahin kuajt nga sytë këmbët, me sa fuqi u ka ngelur, për nga rrafshnaltat e ulëta të Marakuja Azedos, të cilat, në realitet, nuk janë aspak majëlarta dhe përndritëse, ashtu si i glorifikojnë ata vetë. Tre mamuthët, ngarkuar në qerret e Dystabanëve dhe Tokëdystëve, marrin udhën epike drejt Marsianos.

Toka të bëshme dhe pjellore janë këto vise të shtruara si qilim drejt detit. Për të mbërritur gjer në kryeqendrën e tyre, duhet me doemos të kalosh nga gjinjtë e bëshëm të Mare Nostrum, ku i presin Pallapetsat dhe Dërrasëpesçat, dy fiset që popullojnë krahinën e Parçës. Këta jetojnë në bregdet. Janë zdrukthëtarë, peshkatarë dhe lundërtarë, nga më të zotët e Rrafshit. Kanë përshkuar pothuajse të gjitha brigjet e kripura të lotëve. Shpeshherë në grindje me njëri-tjetrin, megjithëse nuk ndryshojnë aspak nga sho-shoqi. Si të thuash, një dërrasë i ndan. Pallapetsat akuzojnë Dërrasëpesçat se kanë një dërrasë mangët dhe anasjelltas. Por nuk mendohet se është dërrasa arsyeja kryesore e grindjes. Grindja është thjesht për hegjemoni dhe mbizotërimin e Mare Nostrum. Për trafikun klandestin me bregun tjetër të detit, ku jeton fisi Terrapiatisti, që grumbullon miellin e fushave të Marsianos.

Në marrëveshje e sipër mbi një nga kuvertat e anijeve, fillon një grindje e pa parë. Pallapetsat kërkojnë si tarifë një mamuth e gjysmë që të kryejnë transportin drejt Marsianos.

- Pesëdhjetë për qind të gjahut!

Dystabanët e kundërshtojnë kategorikisht, duke e zbritur

tarifën në gjysmë mamuthi dhe as një llokmë më tepër.

- Njëzetë për qind të gjahut!

Dërrasëpesçat negociojnë, duke e rritur tarifën e transportit në dy mamuthë.

- Shtatëdhjetë për qind të vlerës totale!

Tokëdystëve u lëviz kuverta e anijes nën këmbë, duke pretenduar:

- Veç një gjysmë mamuthi dhe as një dhëmbë ekstra. Pra, një pesë përqindësh të fitimit edhe ik pirdhuni!

Plas grushti! Dystabanët dhe Tokëdystët janë bujgër që lëvrojnë arat me elb. Tërheqin qerre me drithëra. Ngrehin thasë me miell. Kanë shpikur transportin tokësor dhe artilerinë e rëndë. E kanë grushtin gur. Shkelmat i kanë predhë. Por Pallapetsat dhe Dërrasëpesçat janë detarë, të hanë të gjallë në mundje klasike dhe mbajnë frymë në sherr. Të bluajnë si mielli që transportojnë ilegalisht. Asnjëra palë s'i lëshon rrugë tjetrës. Për një arsye thelbësore. Fushat e krahinës së Marsianos nuk janë edhe aq pjellore sa të hapin kokën duke të shitur mendtë me mburrje Dystabanët dhe Tokëdystët. Janë ca fushore gërmuqe, ku të përpijnë barërat e këqija dhe kunupi. Ujërat e Bregdetit të Lotëve nuk janë gjithmonë të lundrueshme. Në kohë thatësirash, kur mungojnë lotët, bregdeti thahet; tërhiqet i gjithi duke lënë një grusht dhe.

Grushti - grusht e gjaku çurg! U la kuverta e anijes në gjak dhe gjakrat nuk po shterin qëkur në bregun ku është ankoruar anija pllakosën Pllakatorët.

Me këta nuk bëhet shaka. Pllakatorët kontrollojnë Rrafshin nga kullat e kështjellë-shtetit të gurtë të Çinos. Janë arkitektë, inxhinierë, mekanikë, gurgdhendës të lindur. Kanë ndërtuar rrugë biznesi, ura manipuluese, mure izoluese, kështjella të mbushur dingas me qypa me flori, agoranë e shifrave dhe gjësë së gjallë, cisterna me ujë të pijshëm dhe një lloj lëngu bituminoz, statuja prej mermeri ku shfaqet lavdia dhe kulla prej fildishi ku përgjohet njerëzia. Kanë formuar një lloj organizmi të gjallë, që quhet shtet. Kanë ushtri të organizuar dhe armë bronzi. Rrasa guri, ku gdhendin ligje. Harta të vizatuara në lëkurë të regjur kafshësh. Dhe harpa ku i këndohet epopesë së lavdishme të fisit.

Me të mbërritur aty, Pllakatorët i vënë prangat kryesherrxhinjve dhe vendosin rregullin:

NENI 1. Dystabanët dhe Tokëdystët (secili fis) do të marrin me vete nga një mamuth të plotë, me kusht deklarimin e pasurisë dhe pagesën e taksës për gjënë e gjallë (d.m.th. të vrarë).

NENI 2. Pallapetsat dhe Dërrasëpesçat do të marrin një mamuth të vetëm, të cilin do e ndajnë gjysmë, duke kryer njëherazi transportin e detyruar kolektiv të gjahut dhe pagesën e taksës për transportin e gjësë së gjallë (d.m.th. të cofur).

NENI 3. Pllakatorët do konfiskojnë të gjashtë dhëmbët e fildishtë të mamuthëve si vënës të rregullit dhe ligjit edhe do gjobisin fiset që u bënë shkak për sa ndodhi më sipër.

Kështu përfundoi grindja që do të hynte më vonë në histori si Lufta e Tretë e Mamuthëve. Mjegulla në fushën e Lilikos është hapërdarë. Rrezet e dritës depërtojnë në grykat e Çupetes. Ndriçon rrafshnalta e ulët e Marakuja Azedos. Shkëlqejnë edhe tokat e vobekta të Marsianos. Vezullojnë ujërat e Mare Nostrum përgjatë Bregdetit të Lotëve, brigjeve të Parças. Për së largu feks si sfinks kështjella dhe muret misterioze të Çinos. Granadijo, kryeqendra e kryeqendrave të Rrafshit. Kreshta dhe metropoli i kësaj rrëfenje si qershia në degë. Të gjitha rrugët të shpien aty.

Montreal, 2020

SADIK KRASNIQI

Porta e Luanit

Vala e bardhë rreh muret e Butrintit
unë i vë shpatullat Portës së Luanit
pres të vijnë Uliksi, Jul Cezari
e ndoshta edhe Aleksandri i Madh

i vë duart në ije ta rris këtë gjysmë porte
mos ta përkulin krenarinë
kur të hyjnë solmnisht në këtë qytet kaq të bukur

zot, si më hyjnë në dhe këmbët
për veshë gjak i zi e nata në sy

më zgjon një kukamë qyqeje

zot paskan kaluar, kalëruar portën luanët e dheut

duart m'i paskan shkelur me patkonj çeliku
kuajt hamshorë
sa gjak në gishta

nuk dua të ngrihem as sytë s'i çel

pres muzgun
mos ta shoh sërisht atë portë xhuxhe
sa mos ta zë as Agimin e Vushtrisë

shëmtinë e bukurisë së djegur
të qytetit të Butrinit s'dua ta shoh

u hedh syve hi

Butrint, verë, 2021

Pelegrini

Do të nisem nga fusha e Galilesë
Si dikur tunikëbardhi me sandalet e rrjepura
E me zemrën e bardhë

Do i vjel mbetjet në kopshtije
Që i la dorë e mbarë
Me ligjin e Izraelit

Pak rrush nga vila me brymë
Ca kokrra ulliri e shegë gjaku të ëmbël

Zbathur do eci udhës së nxehtë
Të më djegë toka në zemër

Nën një palmë të urtë si engjëlli
Me durimin e një guri në pikëllim
Do pres muzgun e natës së zezë
Që t'i shoh yjet e Jerusalemit

Jam gati

Mata Hari
para agut
u zgjua e qetë
si të kishte fjetur nën puhinë e palmës

tha
ka ardhur ora ime

ulur në skaj të shtratit
u kreh ngadalë
i ndau flokët me vijë

me leje shkroi
dy fjalë në letër

u vesh solemnisht
me fustan të kadifenjtë
fjongo të mëndafshta
këpucët me taka
mantel e kapelë të bukur
e doreza të zeza

çantën me një gur diamanti s'e harroi
dhe njëherë pa vetën në pasqyrë
e drejtoi vathin e djathtë

jam gati - tha

e përsosur dhe e bukur si gjithherë
solemnisht eci deri te shtylla
në fushën e shkretë

ku do ta pushkatojnë
para se të lind dielli i zi

RITA PETRO

Arti ka lindur për të provokuar, ndryshe nuk do të ekzistonte

"Të gjithë jemi nga pak perversë; luftojmë përditë të jetojmë si qenie perverse inteligjente dhe jo perverse vulgare."

Intervistoi Eleana Zhako

Intervistuesja: *Po e nis bisedën tonë me një pyetje disi të tjetërllojtë. Emri Rita, që personalisht më pëlqen shumë, pasi më kujton një tingëllim familjar, por edhe figura të ndryshme heroinash, është shkurtim i Margaritës, apo që në fillim ka qenë Rita?*

Rita Petro: Rita dhe vetëm Rita, pa ndonjë histori të veçantë. Gjyshja më thërriste Ritushka, edhe mami ndonjëherë.

Intervistuesja: *Mendoni se në njëfarë mënyre, emri juaj, që do mund të ngjasonte edhe me pseudonim artistik, ka paracaktuar kahun tuaj letrar dhe llojin e poezisë suaj?*

Rita Petro: Duke lënë mënjanë modestinë, një shkrimtar shumë i madh kohët e fundit, kur takohemi, ma përsërit disa herë: "Rita Petro, Rita Petro... a e di që hyn tek emrat që bëjnë epokë...?". Ha-ha-ha, kam dhe dëshmitarë për këtë. Le ta shohim çdo ndodhë pas vdekjes. Sot është kollaj, të gjithë ne që shkruajmë, mendojmë se jemi shkrimtarë të mëdhenj.

Intervistuesja: *Në ç'moshë nisët të shkruanit? E mbani mend poezinë tuaj të parë?*

Rita Petro: Nuk më ka mbetur në mendje, vetëm di se, fillimisht, kur kam shkuar në shkollën 8-vjeçare, bëja poezi dhe hartime me porosi. Veçanërisht më vinin të shkruaja

skenarët e aktiviteteve festive. Me siguri i kam bërë sipas shijeve të tyre. I vetmi vend ku shkruaja gjëra të çuditshme ishte ditari im. Një shoqja ime, kujdestarja e klasës, ma mori fshehurazi dhe ia dha mësueses. Skandal u quajt ditari im, ku unë përfytyroja se si me puthte një djalë sportist, që kalonte poshtë dritares sime çdo mëngjes. U ndjeva shumë e turpëruar nga kjo dhe veçanërisht e mërzitur, se mamaja kishte bërë posaçërisht një foto për tabelën e prindërve me fëmijë të dalluar dhe nuk ia vunë. Në gjimnaz pata fat më të madh... Nisa të shkruaja një roman dashurie me shumë episode dhe dorëshkrimin tim e kalonin të gjithë dorë më dorë, kur ishim në aksion apo stërvitje ushtarake. Problemi më i madh ishte fundi i romanit, do ndaheshin apo do bashkoheshin të dashuruarit. Kisha shumë presion për t'i bashkuar dhe, pas shumë peripecive, romani im i kënaqi të gjithë me fundin e tij të lumtur.

Poezi kam shkruar që në gjimnaz, por poezi vërtet me një frymë tjetër nisa të shkruaja në kohën e fakultetit. Por, gjithnjë kam menduar se poezitë e mia ishin poezi sirtari. Se në atë kohë, vargjet me komunikim intim me lexuesin të gjithë poetët i mbanin në sirtar. Mbaj mend që kam shkruar një poezi "Ringjallja ime" (as e di ku e kam sot), ku unë e shihja veten lakuriq në rrugë, të goditur nga të gjithë, të kryqëzuar si Krishti, por pas kësaj të ringjallur me një dritë shkëlqimtare, që s'e kisha patur kurrë më parë. Dhe befasia më e madhe ka qenë kur rastësisht në kompjuterin e vajzës lexova një poezi me titull: "Dola lakuriq në rrugë..." ...pak a shumë i njëjti imazh.

Intervistuesja: *Cili ka qenë libri juaj i parë dhe sa ka ndryshuar poezia juaj përgjatë viteve?*

Rita Petro: Poezitë e sirtarit i përmblodha në vëllimin "Vargje të përfolura", botuar në vitin 1993. Ishte një libër që ra menjëherë në sy dhe të gjitha kopjet u shitën shumë shpejt. Kjo edhe për shkak të një interviste jashtë çdo skematizmi që organizoi asokohe në TVSH, gazetari i mirënjohur Alfred Kanini. Pastaj disa nga poezitë e mia u bënë tekste këngësh, si: "Nëse natën vij...", "Pesë fustanet dhe adhuruesit" etj.

Intervistuesja: *"Vrima" është vëllimi poetik që ju bëri gjerësisht të njohur në tregun e poezisë bashkëkohore shqipe. Kur nisët ta shkruanit librin dhe sa zgjati ky proces ngjizjeje derisa pa dritën e botimit?*

Rita Petro: Unë kam qenë e njohur me kohë në komunitetin e njerëzve të letrave. Secili nga librat që kam botuar ka tërhequr vëmendjen e kritikëve, studiuesve dhe rrethit të lexuesve të poezisë. Libri "Vrima" më zgjeroi jashtëzakonisht rrethin e lexuesve, madje dhe të atyre që nuk kishin lexuar asnjë varg në jetën e vet. Kjo solli dhe debatet pro apo kundër, si dhe kundërshtimet.

"Vrima" u shkrua shumë shpejt brenda verës së 2014-s dhe po atë vit u botua. Në fakt, imazhet e saj, koncepti i jetës dhe i vdekjes, raporti i shpirtit me trupin, i mëkatit me virtytin kanë qenë gjatë në kokën time, por shpërthyen si një vullkan pas 12 vjetësh. Ishte orgazëm truri, orgazëm kozmike, që më bëri të ndihem aq pranë Zotit.

Intervistuesja: Kam vënë re se në emisionet ku ju kanë ftuar në lidhje me "Vrimën", prezantuesit janë fokusuar më tepër në jetën tuaj personale, duke i dhënë një përmasë komercializimi, sesa te debati thelbësor rreth librit. A mendoni se kjo lloj mbivendosjeje zhvendos vëmendjen e lexuesit nga kuptimi thelbësor i librit?

Rita Petro: "Vrima" ka shumë nëntekste! Mua më vjen mirë që po e bëjmë këtë bisedë, sepse çështja është që nëse i referohemi fjalës "vrima", e cila asnjëherë nuk ka bërë kaq bujë në shoqërinë shqiptare, siç bëri me poemën time, vjen sepse ka shumë konotacione. Vrima përdorej edhe për mirë, edhe për keq, por normalisht poezia ime kryesore, e cila i dha edhe librit emërtimin, ishte kjo poemë. Unë jam frymëzuar kur kam qenë në vullkanin Santorini. Kam afruar dorën aty; ishte një vrimë e vogël, prej nga vinte një afsh dhe ata thoshin që këto janë shenjat që vullkani nuk fle. Aty ka nisur gjithçka, madje edhe era e squfurit, e cila krahasohet me orgazmën. Për mua çdo gjë nisi nga natyra, pasi vetë natyra ka orgazmën e vet; shpërthimet janë orgazma të natyrës. Të duket sikur sjellin vdekjen, por në fakt gjithçka ripërtërihet...! Unë e kapa pozicionin e Vrimës në poemë nga disa këndvështrime, ku ajo kishte lidhje edhe me vaginën e femrës. Tani disa duan të pyesin: cili është kuptimi kryesor? Organi femëror, apo të gjitha kuptimet e tjera? Nuk e di, por mendoj se aty nuk ka diçka specifike; është ndjeshmëria që më ka çuar te Vrima. Ashtu siç libri hapet me vrimën e zezë nga krijohet jeta, po ashtu edhe mbyllet me vrimën prej nga shohim yjet, për t'u rikthyer përsëri në jetë. Dëshira ime e fundit për të shkruar librin ishte: pse të mos besojmë se kemi lindur dikur, përderisa kemi disa imazhe, të cilat na duken të njohura? Mund edhe të kemi lindur dikur dhe më pas të kemi rilindur. E kam mbyllur me sirenën jo më kot, me vargjet:

Një këmbë në tokë,
një këmbë në det –
më mbetën të dyja këmbët të hapura.

Sepse është ajo liria; njeriu do t'i shijojë të gjitha... e të jetë kudo në hapësirë edhe pas vdekjes.

Intervistuesja: *Besoni se nëse libri do të kishte një titull tjetër, më të zakontë, do të ekzistonte një raport tjetër mes poetes, kritikëve dhe lexuesve?*

Rita Petro: Shiko, arti ka lindur për të provokuar, ndryshe nuk do të ekzistonte. Ka një gabim të madh kur poezia ime cilësohet erotike (këtu nuk po merrem me ata që e quajnë pornografike). Ajo nuk hyn në zhanrin e poezisë erotike. Në poezinë time është erosi si filozofi e jetës dhe e vdekjes; është dilema e çdo njeriu, i cili vjen në këtë botë i lirë e krejtësisht i pastër, pasi ka jetuar si iluzion dhe bëhet pis e prangoset nga vargonjtë e shoqërisë; institucioni i familjes, i arsimit, i politikës, i fesë. Në qendër është figura e femrës; është ajo që fton mashkullin e parë të botës në mëkat dhe merr mallkimin e Atit. Por kjo femër e mallkuar nuk nënshtrohet dhe, mes gjithë telave me gjemba që e rrethojnë, arrin lirinë e vet absolute. Pikërisht kjo i jep vlerën librit dhe është vlerësuar nga disa studiues shqiptarë dhe të huaj. Arti vetvetishëm e hap diapazonin e një shoqërie. Mendoj se shoqëria e hapur dallon nga shoqëria mendjembyllur pikërisht se lufton që këta kufij të mos jenë të ngurtë, por të hapen e zgjerohen në varësi të lirisë së individit. E kam thënë edhe herë tjetër e po e përsëris edhe këtu: të gjithë jemi nga pak perversë; të qenit perversë është pjesë e të qenit gjallesa... dhe lufta e përditshme që bëjmë është për të jetuar si qenie perverse inteligjente dhe jo perverse vulgare: ky është mesazhi i librit "Vrima". Lum kush e kupton, e shijon dhe e pranon. Ata që nuk e pranojnë, do vazhdojnë ta jetojnë jetën duke gënjyer veten. Ne gjithmonë e ngatërrojmë kiminë e trupave thjesht me të bërit seks.

Intervistuesja: Keni menduar t'i prezantoheni lexuesit edhe si prozatore?

Rita Petro: Kam një roman në dorë, që është në vazhdë të poezisë sime, i të njëjtit stil. Jam duke kërkuar mbresat më të errëta në fëmijërinë time. Vërtet kam jetuar në periudhën e diktaturës, por jam munduar të nxjerr disa mbresa që janë universale, përtej kohës, që nxjerrin në pah mënyrën si e kemi jetuar fëmijërinë tonë. E ndërpreva për disa kohë, por besoj se do të jetë një prozë e veçantë.

Intervistuesja: Për shkak të angazhimeve tuaja profesionale, si arrini të drejtpeshoni kohën mes botueses, poetes dhe lexueses?

Rita Petro: As vetë nuk e di se si harmonizohen aq bukur në jetën time poetja, botuesja, lexuesja, saqë jo vetëm nuk më ngatërrohen nëpër këmbë, por harmonizohen në mënyrë perfekte. Të shkruash një tekst të mirë shkollor dhe të jesh e suksesshme në këtë fushë, duhet të punosh nën trysninë e kufijve, si: programi, kërkesat, aftësitë e nxënësve, të mësuesve, mentaliteti i prindërve etj., etj. Por unë jam munduar që, brenda këtyre kufijve, t'i jap frymën time poetike kësaj pune. Profesionalizmi dhe dashuria me të cilën e kryen një punë janë faktorët kryesorë në suksesin e saj. Po kështu pjesa logjike dhe pragmatiste e biznesit ma bën poezinë të prekshme, reale.

Intervistuesja: Sa ka ndikuar profesioni i botueses, i sipërmarrëses, mbi natyrën tuaj krijuese? E ka tkurrur, apo e ka përforcuar këtë identitet?

Rita Petro: Njerëzit kanë konvencione në mënyrën se si e trajtojnë njeriun serioz nga ai jo serioz; gruan serioze nga gruaja jo serioze. Pak për të qeshur, por me mua ndodh shpesh kjo: kur më shohin të ftuar në emisione televizive apo në takime, seminare, trajnime etj., shtangen, pasi iu dukem shumë serioze. Kanë krijuar në kokën e tyre një imazh tjetër, duke nisur nga vargjet e mia me një gjuhë krejtësisht të çliruar. Jeta ime e përditshme, mënyra e sjelljes sime nuk ka lidhje me artin; arti krijohet nga nënvetëdija e artistit. Në jetën e përditshme është arsyeja që udhëheq mbijetesën tonë, që i përshtatet rregullave të shoqërisë ku jetojmë. Por përsëri këmbëngul se parimi mbi të cilin përpiqem ta bëj jetën si individ apo si krijuese, është vetëm një: sinqeriteti dhe guxmi për të fituar sa më shumë liri në terrenet e kufizuara prej censurës dhe autocensurës.

Intervistuesja: Duke marrë parasysh rolin tuaj si botuese dhe nevojat e lexuesit shqiptar, besoni se revistat letrare arrijnë të krijojnë një rol ndërmjetës mes prirjeve të lexuesve e zgjedhjeve të botuesve?

Rita Petro: E përgëzoj shumë revistën tuaj, por dhe revista të tjera letrare, se janë me të vërtetë nisma të guximshme në kohën komerciale ku jetojmë. Përgjithësisht, lexuesit të kualifikuar i vlejnë revistat dhe ai i ndjek ato. Por ky lloj lexuesi ka dhe rrezikun t'i bojkotojë disa vlerësime kritike klanore apo kritikë të ndryshme, që nuk krijojnë më besueshmëri tek ai. Ndaj duhet jo vetëm kujdes, por akoma më mirë të krijohen debate të vërteta letrare për libra e autorë.

Intervistuesja: Ç'mendoni për poezinë e sotme shqipe, në një vështrim retrospektiv krahasues, por edhe në atë të së ardhmes së saj?

Rita Petro: Ka çlirim nga romantizmi dhe patetizmi i së shkuarës, por është ende larg së qenit e lirë. Duhet të çlirohet nga autocensura, nga sentimentalizmi apo skematizmi i figuracionit të trashëguar nga e shkuara, nga metaforat e mbingarkuara, që nuk e lejojnë ndjesinë apo provokimin estetik të marrë frymë për t'u kthyer në model i së ardhmes.

Intervistuesja: *Nëse do t'ju duhej të veçonit disa nga poetët shqiptarë dhe të huaj, cilët prej tyre kanë ndikuar në shijet tuaja si lexuese, por edhe si poete?*

Rita Petro: Vlerësoj disa poetë. Por në lidhje me shijet e mia, nga tradita Migjenin dhe nga bashkëkohësia Mimoza Ahmetin - të dy bënë kthesa specifike në poezinë shqipe.

Simbolistët francezë janë dashuria e parë dhe poetët-këngëtarë të baladave të rokut, mbase dashuri e fundit.

ERVIN NEZHA

Fjetëm aty

Një burri të quajtur Alzan, i vdiq gruaja nga një sëmundje e rëndë. Ata kishin kaluar mirë bashkë dhe kjo humbje e dëshpëroi Alzanin. Në frymën e fundit i premtoi gruas se do të kujdesej që dy fëmijëve të tyre të vegjël, Zoradit dhe Silorias, të mos u mungonte asgjë. I premtoi edhe besnikëri të kurorës në jetë të jetëve. Dhe kështu ndodhi vërtet në fillim. Ai kujdesej shumë për fëmijët. I ushqente, luante me ta dhe i merrte me vete kudo që shkonte.

Një ditë, Alzani zbriti në qytet të shiste një dele dhe i la fëmijët në shtëpi. U lodh shumë, sepse delja mezi ecte dhe rruga qe e gjatë. Kështu që vendosi të çlodhej pak te një burim që i thoshin Kroi i Zogjve. Piu ujë sa u ngop dhe u ul në një hije lofate të çlodhej. Pas pak aty erdhi një vajzë e re të mbushte ujë. Vajza ishte e bukur, me shtat të gjatë dhe Alzani po e shikonte me admirim kur ajo u ul të mbushte shtambën. Në fillim, ajo bëri sikur nuk e vuri re burrin, por pasi mbushi enën i tha se mund të pinte ujë aty po të donte. Alzani kishte pirë ujë sa qe ngopur në burim, por nuk deshi ta prishte bujarinë e vajzës, ndaj piu prapë nga ena e saj. Pastaj e pyeti vajzën se ku jetonte dhe ajo i tregoi me gisht një kasolle të vjetër, thuajse të mbuluar nga ferrat dhe fieri. Aty jetonte e vetme, se qe jetime. Kjo përgjigje i ngjalli një dëshirë burrit që ta merrte për grua. Kështu ai harroi premtimin që i kishte bërë gruas së ndjerë dhe i tha vajzës se edhe ai qe i ve dhe do donte të martohej me të. Vajza pranoi. Kështu Alzani e mori me vete. Dhe vendosi që në pazar të shkonte një ditë tjetër. Rrugës folën për shumë gjëra, por Alzani nuk i tregoi se kishte dy fëmijë të vegjël.

Në shtëpi mbërritën në të ngrysur, por dielli nuk qe ulur akoma pas malit. Fëmijët po luanin në oborrin e shtëpisë. Ata u gëzuan shumë që panë babanë, por u habitën kur panë gruan e re. Ajo u dukej e huaj dhe e tepërt. Edhe gruas nuk i pëlqeu kur pa fëmijët në oborr. Madje ajo i tha burrit se po ta kishte ditur që ai kishte fëmijë në shtëpi, nuk do ta kishte ndjekur pas. Mirëpo burri i kërkoi mirëkuptim dhe i premtoi se do bënte gjithçka që ajo të ndihej e lumtur.

Kështu kaluan mjaft ditë, por gruaja nuk dukej e lumtur. Edhe pse burri e trajtonte mirë dhe fëmijët i mbante larg saj, që mos ta shqetësonin, sërish dukej e palumtur. Një ditë, ajo i tha burrit se kishte vendosur të largohej. Por Alzani tanimë e donte aq shumë, sa do bënte gjithçka vetëm që ajo të mos ikte. Gruaja tha se mund të qëndronte vetëm nëse burri do pranonte të largonte fëmijët nga shtëpia. Kjo kërkesë qe e ashpër, por e prerë. Alzani u vu në një situatë të vështirë; nuk mund ta imagjinonte jetën as pa fëmijët dhe as pa gruan e re. Mirëpo i turbulluar ashtu siç ishte, iu lut edhe një herë gruas që të mos i kërkonte një gjë aq të padrejtë. Por kërkesa e saj qe e prerë dhe burri tanimë duhet të merrte një vendim.

Një buzëmbrëmjeje, ai nxori mushkën nga kasollja, hipi mbi të dy fëmijët dhe u nis për në malin e Kokutës. Kaloi qafën e Valironishtit dhe u fut në pyllin e errët të pishave. Binte borë e imët dhe e thatë, por ajri qe i ngrohtë. Burri u tha të vegjëlve se po kërkonin dru, por fëmijët e kuptonin që diçka nuk shkonte. Kështu burri i la pranë një ledhi të dystë dhe bëri gjoja sikur u fut në pyll të bënte dru. Dhe i ra disa herë me sëpatë një trungu të madh panje. Kështu fëmijët do kuptonin se gjithçka qe në rregull. Pastaj nxori nga xhepi një dorë kashtë dhe e futi te zilja e mushkës, që mos të ndihej kur të lëvizte. I pa edhe një herë fshehurazi fëmijët që qëndronin ulur, frymonin duart e mardhura dhe prisnin. Pastaj hipi mbi kafshën dhe u nis për në shtëpi. I erdhi turp nga vetja që i braktisi aq tinëz fëmijët, por edhe pse zemrën e kishte të copëtuar, nuk kishte ç'bënte. Madje një herë deshi të kthehej pas t'i merrte, por ndjeu se dashuria për gruan e re qe më e madhe dhe ai u ngushëllua me faktin se do kishte fëmijë të tjerë me të.

Kur arriti në shtëpi, qe gati në të zbardhur. Qielli qe pastruar nga retë e borës dhe hëna pati marrë një ngjyrë të tejdukshme. U fut brenda dhe deshi t'i jepte lajmin gruas së re, se porosinë e saj e kishte kryer, por ajo nuk ishte në shtëpi. E kërkoi gjithandej, por kishte humbur si kripa në ujë. Atëherë burri mendoi se ajo qe larguar dhe vendosi ta kërkonte në kasollen e vogël, afër Kroit të Zogjve. Kur mbërriti atje, pa se as kasollja nuk ishte më. Dukej sikur e kishte gllabëruar pylli. Burri u habit shumë dhe nuk po kuptonte çfarë po ndodhte. Kështu u kthye i dëshpëruar në shtëpi. Por nuk ndenji gjatë aty. E kuptoi gabimin e rëndë që kishte bërë, mallkoi veten që i qenë errur sytë dhe u nis në malin e Kokutës për të gjetur fëmijët.

Arriti në ledhin ku i kishte lënë, por aty nuk kishte gjë. Bora që binte akoma në pyll i kishte mbuluar gjurmët. Burri kërkoi sa i ranë këmbët, por nuk i gjeti askund. Thirri me zë të lartë, por nuk u përgjigj askush. Vetëm zëri iu kthye pas nga pylli. Më pas u dëgjua një ulërimë e zjarrtë ujku. Atëherë i dëshpëruar u ul në një shkëmb të madh, mbuloi fytyrën me pëllëmbët e duarve dhe nisi të qante. Qau aty me orë, ndjeu borën që i lagte flokët dhe qafën. Ishte aq i dëshpëruar sa donte të vdiste. Papritur ndjeu aty pranë zëra. Shkoi në drejtim të tyre dhe pa një grua, që kishte mbështjellë me një velenxë leshi dy fëmijë të vegjël. Burri i njohu të tre. Deshi të afrohej, por vështrimi i gruas qe i akullt dhe i tmerrshëm. Alzani u tremb. Deshi të bënte pas; e njohu fytyrën e gruas së tij të vdekur. Por këmba iu pengua në një gropë dhe koka i ra në një dru të rrëzuar. Kur u zgjua, pa se bora e dendur e kishte varrosur së gjalli, por ai, për fat, nuk kishte vdekur. Atëherë u çua dhe zuri të kërkonte sërish fëmijët. I gjeti prapë në një lug me borë, mbështetur pas një rrënje të madhe, të përqafuar me njëri-tjetrin, të mbuluar me velenxën e leshit. Gruaja nuk ndodhej më aty. Ai u ceku me buzë duart e imëta, por fëmijët kishin vdekur nga i ftohti. Burri u shkreh në vaj. Më pas deshi të merrte mushkën për t'i ngarkuar trupat e ngrirë të fëmijëve. E pati lidhur në një pishë të harkuar si urë, në një shesh të vogël pak më tutje. Mirëpo, çuditërisht, pisha qe drejtuar dhe e pati marrë mushkën përpjetë. Burri u tmerrua edhe më shumë kur pa kafshën që po mbytej, varur prej kapistalli, por nuk mundi të bënte asgjë. Besonte se të gjitha këto po i ndodhnin nga mëkati i madh që kishte bërë. Dhe u mundua që të kthente gjakftohtësinë. Mori trupat e fëmijëve në krah dhe doli nga pylli. Rrugës qante dhe psherëtinte. Kur mbërriti në shtëpi, i shtriu trupat e fëmijëve në oborr. U pastroi fytyrat me ujë të ngrohtë dhe u lau duart me lotët e tij. Pastaj mori një lopatë dhe deshi t'i varroste aty, që t'i kishte pranë. Moti u bë më i ftohtë. Bora që binte në pyll filloi të binte edhe aty. Pasi i mbuloi me dhe, u fut në shtëpi. Nga dritarja shihte se si bora mbulonte tumat e freskëta të dheut dhe qante. Nuk dihet sa ndenji ashtu, me lot në sy, por erdhi një moment që në flokët e borës burri pa të ravijëzuar dy fëmijë të vegjël që luanin në oborr. Nuk duroi më brenda dhe doli të luante me ta. Por imazhi i tyre qe i gënjeshtërt; jashtë nuk kishte njeri. Kështu burri u fut brenda i dërrmuar shpirtërisht dhe e priti mëngjesin në dritare. Nën dritën e një pishtari që la ndezur në strehe, vështronte vetëm borën që mbulonte oborrin.

 Mëngjesi zbardhi me kohë të mirë dhe ndrinte një diell i bardhë, që nuk ngrohte. Alzani doli në oborr, largoi borën me lopatë, por poshtë shtresës nuk gjeti më varre. I pasigurt për atë që kishte bërë një natë më parë, u ngjit edhe njëherë në pyll të kërkonte fëmijët. U end sa në një vend në tjetrin, por nuk i gjeti dot. Thirri, qau, mallkoi dhe mend po çmendej nga dhimbja. Atëherë iu kujtua se duhet të kërkonte ndihmën e së shoqes së vdekur. Ra në gjunjë dhe thirri emrin e saj me sa fuqi kishte. E thirri me të qarë dhe i kërkoi falje i shkrehur në vaj. Por askush nuk u përgjigj, oshtiu fort vetëm zëri. Pastaj, pas heshtjes, u dëgjua vetëm uturima e një orteku që ra në qafën e malit përkarshi. Burri e mori për shenjë, sepse pikërisht në atë drejtim ndodhej varri i gruas. Dhe u nis për atje. Kaloi lugjet me borë, të përpjeta dhe ledhe. Aty gjeti dy fëmijët e tij, shëndoshë e mirë, me rroba të thata dhe të ngrohta, sikur të kishin qëndruar brenda një dhome me zjarr. Burri sa nuk luajti mendsh nga gëzimi kur i pa. Donte t'i përqafonte, por fëmijët e shihnin me mosbesim dhe nuk iu afruan. Kjo ia bëri zemrën copë dhe i pyeti se ku e kaluan natën. Fëmijët nuk folën, por treguan me gisht nga toka.

ELI KANINA

E megjithatë diçka vlej

Nuk kam vlerën e një shufre ari
Prej njeriu lindur, mbetem njeri
I bëj botës ballë, mbijetoj, nuk shkëlqej
Një kacamisër me huqe e virtyte
E megjithatë, diçka vlej…

Nuk kam lindur stratege universi
Shtatë hunj e një purtekë i kam dijet
Përpiqem t'ia dal gjithçkaje me tërësej
Pa komplekse nxë e lë nga vetja
E megjithatë, diçka vlej…

Nuk kam ëndrra me luftëra e pushtime
Ca pendë të purpurta dhe retë më mjaftojnë
I gëzohem mëhallës sime e s'dua më përtej
Sinorë trualli e llogari bankare nuk njoh
E megjithatë, diçka vlej…

Jetës nuk do t'i lë ndoca vepra gjeniu
Si të jetë shkruar, do ik me kujë e pa bujë
Vogëlushëve të mi, ama, do t'u mbetem në deje
Me ADN-në time dhe shumëçka u mësova
E megjithatë, diçka vlej…

Asnjëherë s'e dita a më deshën sa desha
Kujtimet e lëna jo gjithmonë bëhen mungesa
Kur koha t'i kthejë përrenjtë në lumenj
Për atë det dashurie që kam derdhur ndër libra
E megjithatë, diçka vlej…

Nesër nuk do jem kjo që jam tani
As dje nuk isha siç ndjehem sot në poezi
Kur të mos jem fare, kur të bëhem rrëfenjë
Do flatroj e përmallur, e zhuritur për njerëz
Atëherë do kuptohet vërtet sa vlej...

Pas javës së shiut...

Qielli i përmbysur i së dielës
Ma mbajti të hënën kokëposhtë
Në një përqullje mendimesh
Që avullonin prej meje
E në pikla mbesnin skutave të shpirtit
Brendia e ngrohtë, e ngrohtë si pellush
M'i shpështillte kujtimet - prush
Në vazhdoftë siç ka nisur javëtrishta
Do vizatoj në xham me buzë e gishta
Emrin tënd, puthjet, fjalët e nxehta
Gjithë dashurinë që rrjedh e s'ndalet, si piklat
I llumbosur ky qiell, fundfilxhani kafeje
Me shiun m'i derdhi dertet, dilemat, dyshimet
Ma shpërlau krejt të djeshmen
Teksa më feks qelqet e së nesërmes
Aty ndrin dashuria e mbin prej së thelli
Rifillon jeta, ashtu siç kemi qenë dhe jemi
Pas çdo glob-pikle shiu
Je ti
Apo dielli...?

Peizazh i vdekur me njerëz të gjallë

Dy xhupa rrinë ulur
Në karriget e lokalit
Dy gota uji
Dy filxhanë
Dy cigare
Një tavllë në mes…

Dy fytyra përballë
Në tryezën e lokalit
Dy sy
Dy buzë
Dy veshë
Një heshtje e nderë në mes…

Teksa i shoh pas tymit përhumbur
Skaliten tek unë dy hije
Dy silueta nga mbretëri e Hadit
Dy gjallesa
Dy mendjefjetur
Që s'bëhen dot dy njerëz…

Pranvera

Është prehër i blertë, mes lulesh e gjethesh
Dremit ëndrrash kur në të prehesh
Është një kupë e kristaltë ajri
Që të deh me aromën e barit.
Është përtypja e ëmbël e akacies së bardhë
Një grusht xixëllonjash
Fëmijërisht fërkuar në ballë.

Është ky diell çapkën, princ prej ari
Është kësulëkaltra, që çel dashuritë
Larg e afër të ngjethen nga malli

Gurgullima e ujërave, si qeshje të marri.
Është shiu që të qull përgjysmë
Kur vjen e ikën me të katra
Dhe gjysmën ta plas nga vapa.

Pranvera - janë fëmijët e mi
Që nga të gjitha këto dehen
Dhe në shtëpi harrojnë të kthehen
Trillit pranveror ia shtojnë sekretet
Zhurmojnë nga dëshirat si bletët
Roitin, mua më lenë vetëm
Peng i mjaltit të tyre ende mbetem.

Pranvera - është edhe kjo dallëndyshe
Rreth meje në ballkon bën pirueté
Me bishtin e saj gërshërë
Gërshetat e mendimeve m'i pret
Me ciu-ciu më mbush mendjen
Se fëmijët shtegtojnë e kthehen shpejt
Për folenë ka gjithmonë një shteg.

Pranvera - jam unë e pagjuma, ag e muzg
Që gënjej veten në pritje
E bukura të më fusë në kurth
Është edhe kjo mori yjesh;
Bëj t'i numëroj e me dorë t'i kap
Kur ata bien afër meje të magjepsur
Unë çmendurisht ngjitem lart, lart...

LULJETA DANO

Viktori shkon të marrë Elenën nuse

Viktori ka lindur në Kostroma, pranë Kishës së Ringjalljes, buzë lumit Vollga, nga ku filloi jeta e carëve të Rusisë. Është Krishtlindje dhe ai po troket në portën e pallatit të Elenës, po brigjeve të Vollgës në Moskë.

Tak! Tak!
- Kush është?
- Jam Viktori! Kam ardhur "të blej" Elenën për nuse.
- Çfarë keni sjellë?
- Portokaj, mollë dhe rubla!
- Mirë, pa të shohim!
- Është shumë ftohtë, më fusni brenda, ju lutem!

Dera e hyrjes së pallatit hapet dhe tri shoqet e ngushta të nuses fillojnë lojën e gjëegjëzave, sipas traditës ruse "të blerjes" së nuses nga dhëndri. Gjer në katin e shtatë, ku ndodhet apartamenti i Lenës, ka pengesa të tilla, që Viktori, i shoqëruar nga tre miqtë e tij më të mirë, të cilët mbajnë shportat me fruta, duhet t'u përgjigjet pritave e grackave të lojës. Kështu e kanë maskuar historinë e dashurisë së çiftit shoqet e nuses. Nëse ka harruar kujtimet dashurore dhe jep përgjigje të gabuara, Viktori duhet të shpaguajë shoqet o me një frutë, o me para.

- Numri i këmbës së Lenës?
- Tridhjetë e tetë.
- Gabim. Tridhjetë e shtatë e gjysmë.

Viktori jep një mollë nga shporta.
- Ëmbëlsira e preferuar e Lenës?
- Akullorja.
- Gabim. Çokollatat.
- Lulet e saj më të dashura?
- Krizantemat.
- Gabim! Trëndafilat!

Gjashtë tullumbace të fryra janë vënë në sheshpushimin e shkallës. Viktori duhet të shpojë secilën, duke thënë një cilësi - kompliment për Lenën, por nuk duhet të përsëdytë asnjë veti, se dënohet me gjobë.

- E dashur!
- E bukur!
- E bindur!
- E dashur!
- E ditur!
- E bindur!

Kjo i kushtoi pesëdhjetë rubla. Aq kërkuan shoqet.

- Pija alkoolike?
- Vodka.
- Gabim. Vera.
- Pija joalkoolike?
- Mix juice.
- Lëng portokalli.

Viktori vazhdon të japë përgjigje së prapthi për të gjitha sekretet e tyre të dashurisë, udhëtimin në Egjipt, numrin e deveve që ia rriti tre herë arabi, që Viktori të pranonte t'ia shiste Lenën e bukur për grua, për racën "Terrier" të qenit të Lenës, për kujtimet e saj me gjyshen, për puthjen e parë në rrugën "Ostozhenka", për një çelës që Viktori duhej të gjente për të çliruar ca kushërira, të cilat prisnin mbas kangjellave etj., etj. Shportat e frutave ngelën bosh.

Mbi një derë janë shkruar tetë vargje shifrorë, ku Viktori ngatërrohet. Nuk di më cili përfaqëson datëlindjen e vjehrrës e cili telefonin e së ëmës. Më pas lexon:

- Kamasutra!

Viktori ngutet. Hë. Kamasutra, manuali që nuk i ka të gjitha. Viktori di më tepër se aq.

- Gabim! Është emri i çajit, që keni pirë në takimin e parë!
- Titulli i librit më të dashur?
- "Ne", romani në vargje nga Zamjatin!
- Jo. "Kortik", nga Rijbakov.

Shokët janë për ta ndihmuar, por asnjëri, më keq se Viktori, nuk ka ndonjë përgjigje për të qenë. Ai vendos të mos çajë më kokë për gjëegjëzat, që kanë sidoqoftë një hile; janë tepër të thjeshta dhe shfrytëzojnë emocionin e dhëndrit për të mos i gjetur, ndaj do ta lerë veten të gabohet lirisht gjer në fund.

Mbi një karton të bardhë, dymbëdhjetë femra kanë lënë formën e gojës së tyre me të kuq buzësh. Viktori duhet të tregojë cila është goja e Lenës.

Nuk e gjeti as këtë.

I japin një letër ta vizatojë të dashurën me sy të lidhur:

- Lena e bukur të më falë! Lenën s'jam i zoti ta vizatoj dot syhapur, jo më symbyllazi!

Me një lulëz në dorë, Viktori përpiqet të vizatojë në mënyrë lineare, por, prapëseprapë, ata që i quan sytë e Lenës i vendos larg, në një hapësirë boshe. I zgjidhin sytë dhe ia lidhin duart prapa. Vjen një legen plot ujë, ku notojnë shumë fruta. Duhet të marrë me gojë frutin që Lena ha më shumë. Kap një mandarinë.

- Mooos! Është portokalli!

Para derës së mbyllur, ku pret në këmbë Elena nuse, është vënë një tepsi me mbishkrimin: "Vendos këtu gjënë më të çmuar që ke sjellë për nusen!".

Më në fund! Viktori fut dorën në xhep dhe vendos ku i thonë rrethin e martesës. Leqet mbaruan. Ndonëse përgjigja e drejtë qe brenda tij, prirja kah e gabuara i vinte e pashmangshme. Porse tani do të hapej një portë; ai e dinte Lenën përmendësh nga jashtë e nga brenda, fustanin e nusërisë e kishin zgjedhur bashkë, modelin e buqetës së luleve, peliçen mink ia kishte blerë Viktori, por të tëra këto, në ditën e dasmës, janë turbulluese. Viktori e di, ky çast lumturie rinore do të ushqejë zemrën e tij për gjithë jetën, çfarëdo që të ndodhë më vonë me ata të dy.

- Gabim!

Viktori nxjerr nga kuleta kacidhet e mbetura për të dëmshpërblyer tri shoqet e ngushta të nuses. Vërtet dinin dhe përjetonin emocionalisht gjithçka qe e botës së Lenës?

Jo, unaza! Duhet të hyjë ai vetë e të presë mbi sini gjersa të çelet dera e nuses.

Gabim dhe e fundit: Viktori vetë qe gjëja më e çmuar për Elenën!

ZHANETA BARXHAJ

Diell i gjakur

Gjak pubisi,
pikonte dielli shtruar në psikiatri.
Vadë e murrme
dergjej nën këmbët,
që i vareshin deteve.
Dështoi sërish padashje.
Abortoi vajzën a djalin e radhës
dhe e vërviti tej.
Ashtu, si copë mishi të flashkët
e nisi rrokopujë gremës,
mbështjellë me tymrat e kraterit të vdekur,
djegur me llavën e kraterit të gjallë.
Diellit iu gjak pubisi.
Fijet e arta iu varën
e i kuqën gjithë nënveten.
Vada i mbushi këpucët.
Shllap-shllup i pllaquriteshin
këmbët e nderura në hava.
Por edhe ashtu i lagur lind përsëri.

Unë e pashë Sizifin

Më gjeni udhën e ajrit,
atë që mes vijash bari dhe dheu të shpie drejt reve.
E mbasi të mbrusem avujsh,
të ngopur në diell e dritë,
të rrebem portave të parajsës.

Asaj udhe dua të qepem,
mu në majë, mu në horizont,
aty ku bari puthet me retë.

Kush tha që Sizifi ish një mjeran,
që qorrollepsej thepave e shkëmbinjve,
me një gur të rëndë shpinës?!
Kush qe ai durimmadh, që nuk ia pa dot mbërritjen?

E pra, unë e pashë Sizifin,
tek brohoriste majë shkëmbit dhe u fliste reve.
I kërrusur ish nga barra, por në këmbë,
në pritje të hapeshin retë
dhe t'u brohoriste perëndive.

Këpuckat

Në telat e kërpit tharë,
vara në kapëse të zbërdhulëta kohe,
këpucët e fëmijës së parëlindur.

Atij që vdiq në mua pa belbur,
por më përndiqte me sytë e hirtë,
fshehur në këpucët që nuk i veshi,
ngjitur buzët në gjoksin që nuk thithi
e thithkat e paqumështa e mëkojnë me gjak.

Më tërheq si era fletët e zverdhura
e pres të bie, si kërp i këputur,
me këpuckat varur si kambanore,
të vogla, të brishta deri në piskamë.

Mbidhem kutullaç
dhe laku më mblidhet zemrës,
që nuk plasi dot,
kur vdiqe ti.

Nuk je

Do e mbaja kryqin tënd,
nëse do ishe Jezusi,
ndër këmbët e tua do qaja me adhurim,
nën petkat e tua do fshihja shpirtin.

Por ti nuk je,
ndaj asgjë mos më kërko,
veç, po munde, më dashuro.

Qepë e kripë
Shkrepi agullimi,
si krisje e thatë nëpër terr.
E dëgjoj tek ecën zharg
dhe vurratat e tij mbushin qiejt.
Qepë e kripë mblodha
dhe me duart e mpita
ia mballosa mishrat.
Gërmuqur ndanë reve të zymta,
 ulem dhe pres të zbardhen.

Tani më janë agulluar sytë.
Era e qepës më tërheq lotët si çikrik
dhe druaj se nuk e shquaj dot më,
zbardhjen e plotë të ditës.

Gjontha

Me gjontha gjethet e dafinës
përqarknin ashtin ballor të Dantes.
Aty kishin qenë edhe më parë,
të freskëta, të jeshilta,
si pjergull mbi purgator.

Nga pritja e gjatë

në portat e brishta të ferrit,
gjonthat e pushtuan shekullin modern.

Kurora e Dantes u zbeh, nuk ka gjethe.
Nuk kemi më kohë të thurim një të re.
Tani portat e ferrit janë hapur,
tani, mjerë ne...

Belb

Mbi krye, dielli
ngjeshi kapelën prej reje të ciflosur
dhe iku tej muzgut.

Ndoqa me sy
shpinën e tij të kthyer,
tek ikte me ditën time ngarkuar në kurriz.

Mos ik belba,
ma lër dhe pak, është dita e fundit,
ma lër dhe pak ta ruaj si kujtim.

Por, ai ngjeshi edhe më kapelën
dhe iku pa e kthyer kokën pas,
me ditën time mbi supe.

Shtojca e vetvetes

Zgjatim prej barkut,
rrëshqet koka jote, ijëve të mpita.
Një gjysmë koke, një dorë,
një trup që rritet ngadalë,
erdh' e më arriti shpatullën.

Pastaj, koka jote gjysmake,

kaloi me gjashtë centimetra supin tim.
Anova trupin, t'i bëj vend trupit tënd pa këmbë,
që më varet belit.

Tani duhet të të mbartë gjithkund.
Rëndohet pesha jote gjysmake,
pësoj frakturë këmbëve hollake
dhe shkundem fort të të lëshoj.

Por, ti je prapë aty.
Shtojca e vetvetes,
trajtë metamorfozash të asaj që lamë pas.

Caranët

Në sokak të zemrës pres e përcjell
dhe nuk i ftoj brenda odës.
Buzagaz aty në prak,
mbjell trëndafila sa herë vinë e pres
dhe mbjell qiparisa kur ikin e përcjell.

I qeshem çarshisë së zemrës gjelbëruar,
kundërmojnë trëndafilat e freskojnë qiparisat.
Nuk i mërzitem kujt vjen e shkon,
ata më jetësojnë prakun.

Nga dera e hapur shijoj lulishten e harlisur
dhe imagjinoj sa bukur do duket
ai, që mes tyre do shkojë si në parajsë
e do shkelë prakun të ulet te caranët e vatrës.

Kështu, pres e përcjell me buzagazin kthyer në varg
e nuk i mërzitem as atij që shkon, as atij që vjen,
por kthej në vargje këtë gumëzhimë sokaku,
që caranët nuk m'i prek.

Arkëmort pa kapak

E shkula kriskullin e qiellit,
ashtu petashuq si tabut primitiv
dhe meitin e tokës i vura mbi.
Krokëlliu tek çahej e shqitej,
u drodh e trand e buçiti,
kur grahmat e fundit tokës ia dha
në tabut kur e futi.
Mbeti arkëmort pa kapak,
veç rropullitë i pikonin mbi.
Ashtu, latërzyer si tablo çmendurake,
vështronin njëri-tjetrin, heroi dhe viktima.

Merri të gjitha

Krejt dritën merre,
frymën,
shpirtin,
ashtin e mishin,
por mos më merr vërtetësinë.

Krejt natën rrëmbeje,
gjumin,
ëndrrat,
qetësinë,
yjet dhe epshin,
por mos më merr dashurinë.

Krejt detin thaje,
lulet, aromën,
borën dhe ngrohtësinë,
por mos më merr rininë.
Merri të gjitha, t'i kam falur,
merri pra, pa pendesë.
Më lër veç dashurinë, mëkatin dhe të vërtetën.

Në ty

Si fije mëndafshi më shpërhapet shpirti në ty,
e lehtë rrëshqet e vesh lëkurën tënde,
bulëzuar e buisur si gjethe.
Aty dua të kokolisem,
të ngjishem,
të degëzohem,
të sythohem,
të puthem.
pa mendim,
pa gjakim,
pa kufij.
Krejtësisht e lehtë si mëndafsh,
krejt e paqtë si afsh,
në çmenduri,
në dehje,
në stuhi sysh e ndjenje,
aty,
për ty,
me ty,
në ty.

GJERGJI MIHALLARI

Detyra e burrit

Selaniku ka një vapë të padurueshme, që kur përzihet me afshet e detit, bëhet duhmë mbytëse. Të duket sikur gjendesh nën saç, kur digjet mbi një tufë me shkarpa të thata. Vapë edhe në sallonin e shtëpisë. E ndiente djersën t'i bulëzohej dhe rrëshqiste kurrizit, deri në ullukun e të ndenjurave. Pothuajse zhveshur, vetëm me pantallona të shkurtra, vështronte orën në mur e tymoste cigare. Afshi i nxehtësisë po ia bënte të padurueshme pritjen, që gjithmonë sjell një ndjenjë makthi të brendshëm, gërryes si acidi. Padurimi është i dukshëm edhe nëpër gishtërinj, ku gati luhet si një lojë e fiksuar me cigaren e ndezur. Donte të merrte rrugën e kthimit një orë e më parë.

Pothuajse çdo fundjavë shkonte në atë qytet të huaj. Pas viteve nëntëdhjetë, gjithë familja kishte emigruar aty. Ndërsa ai, me këmbënguljen e të atit, kishte vazhduar punën. "Nuk i duhet vënë kazma shtëpisë", i pat thënë, "duhet një që ta mbajë hapur!". Nisej të shtunën herët në mëngjes dhe për tri orë arrinte në qytetin e madh. Prej tre vjetësh e bënte atë rrugë me një veturë tip "Ford". Në kthim i qëllonte ndonjëherë të merrte pasagjer ndonjë emigrant që shkonte në atdhe. Të tillë gjeje shumë te stacioni i trenit, por nuk donte të udhëtonte me të panjohur. Në makinë hipte vetëm ndonjë që njihej nga familja dhe të afërmit e tij. Kur këta të fundit i thoshin të dilte te treni dhe ta mbushte makinën plot me pasagjerë, tundte kokën në shenjë mohimi. "Nxjerr lekët e benzinës dhe mbush xhepat me ato që ngelen", këmbëngulnin ata, por po aq prerazi refuzonte edhe ai.

Ishte mes korriku edhe vapa ishte normale. Me vëllezërit dhe disa të afërm, deri nga ora dy e pasdites, kishin shkuar në plazh. Të shumtën e kohës e kishte kaluar në hijen e pemëve ose në një cep brenda kafenesë. Preferonte ajrin e freskët që shfrynte kondicioneri, duke thithur me kallam frapenë, kafen me gota uji që pinin vendasit. Edhe ato herë që kishte hyrë në ujin e nxehtë të detit, pati përshtypjen se i shtuar më tepër temperatura e trupit. Nga djersët kishte filluar edhe të kruhej. Kur u kthyen në shtëpi, bëri një dush, duke e mbajtur currilin e ujit nga e ftohta. Vetëm se freskia e dushit zgjati aq sa të hante drekën. Më pas filluan prapë djersët dhe gishtat gati ngjiteshin me njëri-tjetrin. Njëherë shqiptoi se bënte mirë të nisej, por prindërit i hodhën një vështrim të tillë, sikur ta shprehnin me fjalë pyetjen: "Je në terezi, apo si?".

- Po të ndjek gjermani, more djalë? - foli i ati. - Dy orë më parë apo dy orë më pas, do të shkosh. Prit të thyhet pak vapa dhe nisu. Apo do që ta kemi mendjen tek ty gjithë rrugës?!

- Boll shkrumbove grykën me atë të shkretë cigare! - vazhdoi e ëma.

Vërtet që gryka i ishte tharë, si lëkura e kecit të rrjepur nderë në degë pemësh. Pak nga ajri i tejnxehtë, pak nga tymi i cigares që thithte.

- Lëre atë farmak, - vazhdoi e ëma, duke i lënë në duar një koka-kola. - Pi pak nga kjo të lagësh fytin. Mere dhe pije! Mos i bëj naze të keqen, por pije! Mos ma kthe, se më ngelet peronë në zemër pastaj...

- E mirë, mirë, - foli duke tërhequr copën e metalit si unazë të kanaçes. - Ja, nuk po ta prish!

- Nuk do udhëtosh vetëm, - tha i ati. - Do vijnë edhe dy djem me ty...

Hodhi një vështrim nga babai, gati-gati me habi.

- Janë djem të mirë, - vazhdoi ai. - I njoh, se kam punuar me ta. Djem të vuajtur dhe me një mijë halle. Të urtë e punëtorë. Janë djem pa llafe. Edhe t'u kërkosh të thonë një fjalë, më mirë të japin lekë se të flasin.

- Epo kur janë pa llaf, ç'i dua?

- Epo shurdh-memecë nuk janë, - vazhdoi tjetri. - Po nuk janë nga ata tipat, që nuk u kyçet goja kurrë, të fillojnë një muhabet kur nisesh dhe nuk e merr vesh fundin, edhe sikur të udhëtosh me ta ditë e net të tëra. Fjalë e karar. Flasin kur duhet dhe me fjalë të mençura. Nuk po vijnë për qejf, por për hall bir. Mos ki fare merak. I ke të urtë dhe të mirë!

- U ke lënë ndonjë orë? - pyeti, duke hedhur vështrimin tej dritares, në atë qiell që dukej sikur një masë e trashë kishte zhdukur ngjyrën blu.

- Nga ora shtatë! - saktësoi i ati. - Nuk është vonë, për tre orë je në shtëpi! Nuk do të jetë kjo vlagë përvëluese...

- Mirë, - pohoi, duke vështruar orën.

Nuk i erdhi mirë nga ajo pritje gati dyorëshe, por ishte caktuar nga i ati. Nuk e shfaqi ndjenjën e pakënaqësisë në sytë e tjetrit. Ishte njeriu më i dashur dhe shtylla mbështetëse e tij. Vendimet e babait asnjëherë nuk ishin të nxituara apo të gabuara. Prindi nuk merr vendime në dëm të fëmijës së vet. Gjithmonë, këto vendime, sikur marrin bekimin e perëndisë. Edhe në qofshin të nxituara, një fuqi madhore, e padukshme vepron në situatën dhe hapësirën ndërvepruese, në mënyrë që vendimi të ketë fuqi vepruese të mirë. Një mendje i tha, të shkonte te makina. Vetëm se afa përvëluese që iu përplas në fytyrë, teksa hapi pakëz kanatën e dritares, e stepi. Me siguri edhe nëse derdhte mbi kabinën e makinës gjithë ujërat e lumit që përshkonin qytetin e huaj, asgjë nuk do ndryshonte. Squllja e pëllëmbëve po e bezdiste që me ngjitjen e letrës së cigareve midis gishtave. Provoi të bënte edhe një dush tjetër me ujë fare të vakët. U ndie mirë për disa minuta, me freski të tendosur deri në brendësi të gjakut që i vërshonte trupit. Nga dushi dhe qëndrimi ulur në divan kishte kaluar më shumë se një orë e një çerek. Ra zilja e derës. Dëgjoi të atin të përgjigjej në citofon dhe fjalët që të vinin brenda në shtëpi.

- Erdhën djemtë, - i tha duke hyrë në dhomë. - Bëjmë mirë të zbresim poshtë te makina, djalë! - Pastaj iu drejtua së shoqes: - Grua na sill dy birra të ftohta!

Në hyrje të pallatit, dy djem me nga një çantë në duar u takuan me të atin. Njëri prej tyre tymoste cigaren si i babëzitur. Edhe vetë ai dallohej si duhanpirës i regjur, por i porsambërrituri ia kalonte. Ishte më i keq. Djaloshi e hante duhanin. Kishte një vështrim gati të paqëndrueshëm. Sytë lëviznin sa andej- këndej, sikur të kërkonte të pagjendurën në ajër. Tjetri ishte ana e kundërt. Gati ta zinte gjumi në këmbë.

- Njomeni grykën, more djema, - u foli i ati, duke u zgjatur kanaçet e birrës që solli gruaja. - Sot dielli nuk të djeg, por të shkrumbon!

Hapi dyert e veturës. Si lëmsh zjarri mbi fytyrë e goditi ajri, që u lirua nga brenda makinës. Uli xhamat. Ndërsa po merrej me kontrollin e mjetit, hidhte vështrimin nga djemtë. Djalin, që e përtypte cigaren, nuk e mbante vendi. Lëvizte këmbët sikur të ishte imitues i lëvizjeve në një skenë teatri, ku shputat lëvizen në mënyrë të tillë në vetvete për të dhënë imazhin e ecjes. Birrën e derdhte me gllënjka të mëdha në grykë, duke shtrënguar fort kanaçen. Nga veprimet e tjetrit po nxirrte përfundimin se ky ishte një tip jo fort i besueshëm. Një njeri enigmatik. Pa nga i ati. Ky, sikur të kishte kuptuar dyshimin e të birit apo pyetjen e pashqiptuar, se nga djallin i kishte psonisur këta dy pasagjerë të dyshimtë, shkundi qepallat dhe tundi kokën si për t'i pohuar që të ishte i qetë. Dhe më në fund, kur ishin gati për t'u nisur, foli:

- Djema, mos kini merak, me djalin tim do të udhëtoni të qetë.

Dhe pastaj të birit:
- Janë djem të mirë dhe dua t'i çosh shëndoshë e mirë!

* * *

Muzgu, gati-gati, qe sfumuar nga errësira e gjithëpushtetshme. Makina zukaste në atë timbrin e vet, si kërcitja e zemberekëve të sahatit. Dritat ndriçonin asfaltin e rrugës, duke bërë të dukshëm kontrastin e vijëzimeve të mira mbi ngjyrën e zezë të ziftit. Kishte dalë nga autostrada, duke vijuar në një rrugë dytësore. Zhurmën ritmike të motorit të makinës e copëtonte muzika e radios. Djemtë vërtet kishin qëlluar fjalëpakë. Të heshtur, si në një betim të shqiptuar nën zë. Shumë pak fjalë kishin këmbyer, bile njëri prej tyre, ai që e hante cigaren, kishte tundur vetëm kokën. Ishin ato tundje të bustit, që tregonin aprovim apo mohim për pyetje që lindin vetvetiu në bisedën brenda kabinës së veturës. Ai tymoste cigare, duke vështruar nëpërmjet pasqyrës dy djemtë pasagjerë, të ulur në sediljet e pasme. Qysh kur hipën, kishin vendosur të qëndronin prapa. Djali i pafjalë kishte fiksuar vështrimin përpara, ndërsa tjetri dremiste, me kokën që i lëkundej herë në njërën anë, nga shoku, e herë në tjetrën. Qysh sa ishte sistemuar brenda në makinë, nuk kishte tymosur më cigare. Edhe kur ai i kishte zgjatur paketën e tij, tjetri kishte refuzuar, duke tundur kokën në shenjë mohuese. Ndaj ishte i vetmi brenda kabinës së makinës që tymoste cigaret njëra pas tjetrës. Po kërkonte çakmakun, duke larguar vështrimin nga rruga, kur dëgjoi një zhurmë mbytëse dhe një kërcim të automjetit. Pati përshtypjen se kaloi mbi një trup. Disa dhjetëra metra më tutje ndali automjetin, duke frenuar fort. Bëri disa metra rrugë në këmbë, nën pushtetin e një makthi frike, për të gjetur shkakun. Uronte mos të kishte ndodhur më e keqja: aksidenti me një njeri.

Ofshante dhe mallkonte me vete, teksa hapat nxitonin në drejtim të kundërt me lëvizjen e kryer nga automjeti. Teksa dihaste si kafshë e plagosur, nuk kishte vënë re që nga pas e ndiqte njëri prej djemve. Kur ndali para faktit që kishte shkaktuar zhurmimin dhe kërcimin e veturës, dalloi që pranë tij gjendej edhe djali pafjalë. Përpara tyre qëndronte shtrirë një dhelpër, që përpiqej të lëvizte. Dukej sikur pjesa e pasme e trupit dhe gjymtyrët nuk i bindeshin gjysmës tjetër. Rrotat e veturës i kishin kaluar mbi mesin e trupit, duke e gjymtuar, ndarë në dysh. Kafsha drejtoi kokën nga ta, nxori dhëmbët dhe hungëriu.

- Të hëngërt dreqi! - ofshau shoferi, duke ndjerë shkrirjen e gjymtyrëve dhe trupit nga makthi që e kishte pushtuar disa minuta më parë. Vështroi sytë e egërsuar të kafshës, që dukej sikur do t'u hidhej në trup. Tjetri kishte ngulur vështrimin mbi dhelprën, sikur do ta përpinte brenda vetes.

- Po më vika keq për kafshën e gjorë, - shqiptoi. - Më mirë të kishte ngordhur në vend se sa të vuajë kështu...

Dhelpra tani kishte humbur edhe egërsinë e syve; me gjuhën jashtë gojës, po përpiqej me sforco të lëvizte nga vendi.

- Ke ndonjë pincë në makinë? - e pyeti djali i heshtur.

- Kam! Përse të duhet?

- Paska bisht të bukur.

Djali u ul në gjunjë dhe i preku bishtin. Kafsha hungëriu, duke nxjerrë në pah dhëmbët e mprehtë në drejtim të djalit, pa mundur t'i afrohej pjesës tjetër të trupit. E parandiente kërcënimin, përpiqej të reagonte me egërsinë e kafshës, të përcillte kërcënim, por gjithçka ishte kot. Kur la në duart e djalit pincën, ky i fundit mbështeti shputën e këmbës mbi trupin e kafshës, duke shtrënguar fort dorezat e pincës, dhëmbët e së cilës prenë bishtin. Kafsha, duke dhënë shpirt, mbylli sytë dhe koka iu palos mbi asfalt. Djali ia zgjati bishtin e kafshës dhe pasi pastroi dhëmbët e pincës mbi pushin e trupit të kafshës. Pastaj e barti në krahë deri në kanalin anës rrugës.

Kur u sistemuan prapë brenda automjetit, duke u bërë gati të rinisnin udhëtimin, djali i kërkoi një cigare.

Shoferi ia zgjati paketën, duke ndezur një cigare edhe për vete. Me bisht të syrit po i ndiqte lëvizjet e tij; po përpiqej të kapte me majat e gishtërinjve cigaren. Gishtat i dridheshin, pa mundur të shkëpusnin cigaren. Edhe buza i dridhej. Më në fund, arriti ta kapte. E ndezi dhe e thithi disa herë thellë, si të mundohej të mbushte zbrazësinë e mushkërive me ajër të pastër edhe të freskët. Pastaj shfryu një shtëllungë të trashë tymi nga buzët e hapura si duhmë jetëdhënëse. E më pas, edhe ca thithje të tjera si e para.

- Ta ndez edhe një tjetër? – i kërkoi leje djali.

- Tymos sa të duash, - ia ktheu, duke vërejtur cigaren e tij, që nuk ishte djegur as deri te gjysma.

- Po të kërkoja nga paketa jote, - vazhdoi tjetri. - Më mbaruan të miat!

- E po helmi nuk mbahet, kështu thonë! - tha dhe i zgjati paketën.

Djali e falënderoi. Tingujt e zërit u tretën me zhurmën zukatëse të motorit. Më pas qetësi. Pandehu se kishte hapur një shteg bisede me pasagjerin, por dukej që ishte gabuar. Mirë kishte thënë i ati, që edhe nëse i paguaje, ata djem ishin gati të paguanin mbrapsht e mos të flisnin. Mbase për këtë lloj njerëzish kishte dalë edhe ajo shprehja: "Të japësh një lirë për një fjalë...".

Në doganë mbaruan punë shpejt me vulosjet e pasaportave. Pas pak minutash hynë përsëri në barkun e errësirës. Njolla të dobëta drite tregonin për fshatrat e shpërndara sa andej-këndej.

- Edhe ndonjë gjysmë ore dhe do të jemi në qytet! - i shoqëroi fjalët shoferi, duke vështruar nga pasqyra djemtë pas shpine.

Ai që pothuajse kishte dremitur gjatë gjithë udhëtimit, hapi pak sytë, hodhi një vështrim përtej xhamit dhe i mbylli përsëri. Tjetri filloi të mbante majat e gishtave në gojë. Me siguri po kafshonte thonjtë. Dridhjet e trupit ia dalloi nga pasqyra; ishin tepër të dukshme. I zgjati përsëri një cigare, që tjetri e mori me shkathtësi, sikur ta kishte parandjerë dhe priste në gatishmëri.

- Kemi gati dy orë e ca që udhëtojmë dhe nuk ta dëgjova zënë, more djalë, - foli. - Nuk të di as emrin...

- Ke të drejtë, po nuk besoj se ka shumë rëndësi. Kushedi, mund të harrohet shumë shpejt edhe emri im...! - u përgjigj tjetri qetë.

- E përse të harrohet? Njeriu i mirë nuk harrohet kollaj. Unë shoh se ti qenke djalë për kokë të djalit...

- Pak rëndësi ka. Edhe jeta mund të jetë e pavlerë...

- Pa prit pak, prit! Më duket se ke hall dhe hall të madh more djalë. Ke pirë shumë duhan dhe je dredhur si purtekë gjithë rrugës. Të mundon ndonjë gjë, po mban barrë të rëndë mbi shpinë? Më trego, mbase të ndihmoj.

- Ehhhh... - psherëtiu thellë e rënkoi djali.

- Je i fejuar? Ke ndonjë vajzë që të pret? Apo mos keni bërë fjalë, ngaqë ti nga ana tjetër e kufirit dhe ajo në këtë anë? Nëse është punë e tillë, mos u mërzit. Rregullohen këto gjëra. Mundohu të bashkoheni, ashtu si kalove kufirin herën e parë, kaloje përsëri, por së bashku me vajzën.

Djali heshti. Iu rëndua edhe frymëmarrja. Një ofshamë e thellë, gati sikur po jepte shpirt. Shoferi ndezi dritën e kabinës. Fytyra e tjetrit ishte gati e verdhë limon, ndërsa sytë e zbardhur, pa njollën dalluese të irisit. Ndali makinën dhe u kthye vrik nga tjetri.

- Je mirë? - pyeti me shqetësim. - Më mirë të shkojmë në spital!

Po dalloheshin dritat e qytetit. Edhe ca minuta e mbërrinin. Në mëdyshje, po vononte të niste makinën, pasi djali tundi dorën në shenjë kundërshtimi, kur ai përmendi fjalën spital.

- Mirë do jem, mos u merakos kot.

- Më trembe, o i uruar! - e mblodhi veten edhe shoferi, kur dalloi se fytyra e djalit u mbulua nga çehrja e jetës. - Nuk më the, a je i fejuar?

- Po! - u gërmuq djali. - Kam tre muaj...

- Epo gëzohu, po shkon tek ajo. Kushedi sa mall ke! Me siguri edhe ajo nuk ka vënë gjumë në sy këtë natë. Po të pret! E di që femrat kanë më shumë mall? Ose të paktën e shprehin më shumë se ne meshkujt. Hajt, gëzohu djall i madh! Do të hash mjaltë me dy duar...

Djali nuk reagoi. Dukej i qetë tani. Tymoste.

- Na ndal te furgonët! – foli tjetri, që ishte zgjuar dhe kthjelluar nga dremitja e gjatë.

Teksa po u jepte çantat nga bagazhi e vështroi gjatë djalin. Tjetri nxori disa kartëmonedha të huaja që ta paguante, por burri refuzoi t'i merrte.

- Do t'i mbash! Asht haku jot!

- Zakonisht nuk marr njerëz të huaj në makinë, por juve ju kam porosi nga im atë. Këto lekë do të duhen më shumë ty, - kundërshtoi përsëri, duke shtyrë dorën e zgjatur të tjetrit, me kartëmonedhat midis gishtave. - Nuk ma ke thënë ende emrin.

- Më mirë mos ta dish! Ma mirë pa emër, çun i panjohur... - dhe pasi heshti pak, shtoi duke mbajtur vështrimin nga shoku që po drejtohej drejt një furgoni. - Po kthehem për të vrarë një njeri!

Dukej i vendosur. Fjalët e tij shprehnin atë që kishte bluar dhe vendosur që në nisje nga qyteti i huaj. E gjithë ajo mbyllje në vetvete, me mendimet që i kacafyteshin në kokë, pa mundësinë për t'i shprehur, por të dukshme me gjuhën e trupit, kish vendosur fundin e veprimit.

Hodhi edhe njëherë vështrimin nga djali dhe tundi kokën

mosbesues për atë që kishte dëgjuar. Shpresonte të kishte qenë një gënjeshtër e çastit, kot, ose që tjetri do hiqte dorë nga ai qëllim që mbarte në mendime. Djali kish ende shumë rrugë deri në vendlindje. Një drithërimë ia përshkoi trupin, sikur të kishte prekur një tel korrenti. Kishte udhëtuar me një vrasës. Zemërimi ndaj të atit tani ishte si pështyma që thahet në fyt dhe të vështirëson frymëmarrjen.

Një furgon u nis shpejt dhe humbi në errësirën e natës. Brenda tij edhe djali i panjohur me shokun e tij.

Të nesërmen, në edicionin e lajmeve dëgjoi për një furgon të aksidentuar. Midis fotografive të viktimave njohu edhe djalin që i kishte prerë bishtin dhelprës atë mbrëmje korriku, rrugës nga qyteti i huaj...

Gusht 2001

ELIAS FRAGAKIS

Ode për një grua që e quajnë poezi

E dashur,
Më sheh të ndeshem me letrën
dhe më pyet
ç'është Poezi dhe ç'nuk është Poezi.
Netëve të tradhtoj
kur në përqafimin e saj përhumbem
dhe ajo kërkon të ketë gjithë qenien time
sepse
Poezi nuk janë të bukurat fjalë,
rimat,
shprehjet e goditura apo të fryra,
nuk është trishtimi, as mërzia,
nuk është as melankolia "e ëmbël"
që shfaqin ata që e lexojnë me zë kumbues.
As ritmi, metrika
dhe të tjera çështje filologjike.
As ankthi i ndikimit tek të tjerët që të jep vetëkënaqësi
-ç'fodullëk na qenka ky-
Përveç vetes tënde,
te kush tjetër mund të kesh ndikim...

Poezi është të Dëshirosh, të veprosh,
domethënë të bësh të të Ndodhë diçka!

Poezi janë të Pathënat e kësaj bote,
të Parrëfyeshmet e Mistereve,
që ende nuk u kemi dhënë shpjegim
dhe ndoshta nuk do t'u japim kurrë
-e pse do të duhej?

Poezi janë të Padukshmet,
Tempujt e Afeas, që shpëtuan nga ndjekësit minoitë

por u trushkyen nga të pabesët e tjetërsuar,
të huaj dhe rrënjës
-më të këqijtë nga të gjithë.

Poezi është gjithçka e ndërmjetme
mes rreshtave
dhe gjithçka që vjen më pas – në hapësira.
Është fjalia mohuese e Janis Ricos
"ndoshta është edhe kështu".

Është e papajtueshmja e Kostis Palamas
"prandaj nuk të dua, të dua"
Është rënia në kurthin e fjalëve
"si mund të ishte ndryshe"
Është ankthi i pashmangshëm
t'i menaxhosh mirë, t'u shmangesh
pa ia dalë kurrë mbanë.
Së pari, sepse të tejkalojnë.
Së dyti, sepse i dashuron.
Fjalët duan t'u përgjërohesh,
t'i ushtrosh si asket.
Sa të të dorëzohen krejt,
nuk bëjnë ndere.

Poezia është Sintaksa e Dashurisë
dhe e Kaosit.
Nuk ka presje.
Vetëm pika – të mangëta
dhe pikëpresje, këto edhe më shumë
dhe ndërprerje të të gjithë zëraveve dhe kohëraveve.
Dhe pika retiçence me kuptim.

Poezia janë Heshtjet Tingëlluese,
Poezia është forma veprore,
Poezia është aktive.

Poezia janë shenjat e pikësimit të Zotit,

të ndritshme, të errëta dhe të parrëfyera.

Poezia është dhimbje,
është shtatzëni dhe lindje.
Poezia përgjak
dhe të gjakos.
Ti lind me poezinë,
por ajo nuk lind me ty!

Poezi janë ato
që ende nuk janë thënë
dhe ndoshta nuk do të thuhen kurrë.

Poezia nuk është vend mirëpritës
për gojëndyrët,
por është e sjellshme dhe përdëllestare
me varfanjakët.

Poezi është Unë dhe Ti
kur prekim majat e gishtave
dhe nga kjo prekje
lind
një perëndi e vogël.

Poezi është mënyra të thuash gjëra,
që nuk mund të thuhen ndryshe,
Poezi është mënyrë jetese,
të jetosh në hapësirën e ndërmjetme
mes një note dhe gjysmëtonit të saj
në fshikullimë.

Poezi janë lartësitë e padukshme dhe të pakufizuara
të maleve të bukur,
që duhet t'i pushtosh
ose do të dalësh i humbur.

Dhe ndërsa ngjitesh në majat e tyre

shquan maja të tjera më të larta,
që duhet t'i ngjitësh pa mbarim.

Dhe madje thellësitë e oqeaneve të Ekzistencës,
ku kridhesh mbrëmjeve,
kur të padurueshmit dhe moskokëçarësit kanë rënë në gjumë.

Poezia gjendet përherë
në kryqëzimet e botës kur fryn erë,
Poezia janë Të Shenjtat e Shenjtorëve
kur në vetvete është blasfemi.

Poezia është grua
me shpatën mashkullore në dorë.

Poezi është të jetosh ndërmjet
shumëllojshmërisë së Tingullit
dhe pranisë së plotë të Heshtjes.

Poezi është pohimi i jetës
dhe në të njëjtën kohë mohimi i saj.
Një tekst i hapur që pranon në çdo çast
ndihmesën tënde,
shpërnguljen tënde.

Por, mbi të gjitha, Poezi është
Siguria e Bukurisë!

Poezia është e vetmja siguri!

Pse të shkruaj apo të bëj poezi?
Pse të jetoj në mënyrë poetike?
George Mallory, kur e pyetën pse shkon në Everest,
pse e vë në rrezik jetën e tij, pse...
ç'kuptim kishte,
u përgjigj:

SEPSE ËSHTË ATJE
dhe kjo është Poezi!

Sepse Poezi
nuk janë vetëm poezitë!

Me nderim i përulem çdo natë perëndeshës
kur ti në pafajësi
i jepesh përqafimit të Morfeut.

U gdhifshim mirë,
e dashur!

Shqipëroi Maklena Nika

Nga vëllimi poetik "Letra një gruaje", Botimet "Enypnio", Athinë 2020

Elias Fragakis ka lindur në Athinë, në vitin 1963. Është poet, romancier, regjisor, përkthyes. Ka qenë Drejtor Artistik i Teatrit Popullor Periferik të Rodosit. "Letra një gruaje" është përmbledhja e parë poetike e autorit.

LOUISE GLUCK

Averno

I

Njeriu vdes kur shpirti vdes,
ndryshe, jeton.
Mund të mos bësh asgjë të dobishme,
por vazhdon përpara -
tjetër zgjedhje s'ke.

Kur ua them këtë fëmijëve të mi,
më shpërfillin.
Të moshuarit - mendojnë ata -
këtë bëjnë gjithmonë:
flasin për gjëra që askush s'i sheh,
për të mbuluar vdekjen e qelizave të trurit.
I shkelin syrin njëri-tjetrit,
tek dëgjojnë një plak që flet për shpirtin,
kur nuk kujton dot as fjalën 'karrige'.

Është e tmerrshme vetmia.
S'e kam fjalën për të jetuarit vetëm,
por të jesh aq vetëm sa të mos kesh asnjë
të të dëgjojë.

Më kujtohet fjala 'karrige',
thjesht nuk kam interes ta kujtoj.

Zgjohem duke menduar:
duhet të përgatitesh,
së shpejti shpirti do të dorëzohet -
të gjitha karriget e botës nuk do të ndihmojnë.

E di se ç'thonë kur jam jashtë dhomës.
Mos duhet të bëj ndonjë vizitë? A duhet të marr
ndonjë mjekim për depresionin?
Mund t'i dëgjoj pëshpërimat e tyre,
tek planifikojnë si t'i ndajnë shpenzimet.

Dhe dua veç të bërtas:
të gjithë jetoni në ëndërr!

Ajo është keq - mendojnë ata,
tek më shohin të rrëzohem e copëtohem.
Edhe më keq prej kumteve që marrin këto ditë.
Sikur të kisha të drejtë ta dija këtë kumt të ri!

Epo, veç ata e gëzojnë këtë të drejtë.

Ata po jetojnë në ëndërr, ndërsa unë po përgatitem
për të qenit e padukshme. Dua të ulërij.

Mjegulla është pastruar -
Është si një jetë e re,
veçse s'kam interes për ç'më pret;
përfundimi dihet.

Pa mendoje njëherë:
gjashtëdhjetë vjet ulur në karrige. Dhe tani
shpirti i të vdekshmit
kërkon kaq hapur, kaq pa frikë
të ngrejë siparin,
për të parë se kujt duhet t'i lërë lamtumirën.

II

Nuk u ktheva për një kohë të gjatë.
Kur fushën e pashë sërish ishte fund vjeshte.
Këtu, vjeshta përfundon thuajse para se të fillojë -
të moshuarit nuk vishen me vjeshtë.

Fusha ishte e mbuluar me borë të papërlyer.
Nuk kishte asnjë shenjë të asaj që kish ndodhur.
Nuk mund të di as nëse fermeri
e kishte rimbjellë apo jo.
Ndoshta ai hoqi dorë dhe u largua.

Policia nuk e gjeti vajzën.
Më pas thanë se ajo u zhvendos në tjetër vend,
një vend pa fusha.
Katastrofa si kjo
nuk lënë gjurmë në tokë.
Dhe njerëzve u pëlqen kjo –
mendojnë se u fal
një rifillim jetësor.

Qëndrova gjatë fiksuar në bosh,
as e vura re sa errësirë ishte, sa ftohtë.

Një kohë e gjatë - nuk e di se sa.
Kur toka vendos të mos ketë më kujtesë,
koha duket thuajse e pakuptimtë.

Por jo për fëmijët e mi. Ata më janë vënë pas
për të bërë testamentin; të shqetësuar se qeveria
do të marrë gjithçka.

Sikur të vinin me mua ndonjëherë,
të shihnin fushën nën petkun e dëborës.
Gjithçka është shkruar atje.

Asgjë: nuk kam asgjë për t'u dhënë.

Kjo, pikësëpari.
Së dyti: nuk dua të digjem.

III

Nga njëra anë, shpirti endet.
Nga ana tjetër, humanët jetojnë mes frikës.
Midis dy brigjeve, hon i zhdukjes.

Disa vajza më pyetën
në do ishin të sigurta pranë Avernos -
kanë ftohtë, duan të shkojnë për pak kohë drejt Jugut.
Njëra thotë, si me shaka, por jo shumë larg në Jug.

U them: aq i sigurt sa çdo vend tjetër.
Dhe kjo i lumturon.
Por asgjë nuk është e sigurt.

Merre një tren, zhduku!
Shkruaje emrin në një dritare dhe avullo!

Vende të tilla ka kudo,
vende ku shkon vajzë,
nga ku nuk ka kthim pas.

Ashtu si fusha, ajo digjet.
Pas kësaj, vajza zhduket,
sikur të mos kish ekzistuar kurrë,
por ne s'kemi prova për asgjë.

E tëra që dimë është:
fusha digjet.
Dhe ne e kemi parë tek digjet.

Kështu që duhet ta besojmë vajzën,
në atë që bëri. Përndryshe
janë veç forca që s'i kuptojmë,
forca që sundojnë botën.

Të lumtura vajzat, mendojnë për pushimet.

Mos e merrni trenin - u them.
Ato shkruajnë emrat në xhamat e avullt të udhëtimit.

Sa dua t'u them: ju jeni vajza të mbara,
që përpiqeni të lini emrat tuaj pas!

IV

Tërë ditën e kaluam
duke lundruar në arkipelag,
nëpër ishujt e vegjël
pjesë të gadishullit,

derisa u shkëputën
në fragmentet që shihni,
duke pluskuar në ujërat e detit verior.

Ata më dukeshin të sigurt,
sepse askush nuk mund të jetojë atje.

Më vonë u ulëm në kuzhinë,
duke parë muzgun dhe pastaj
borën që binte.

Heshtnim, të hipnotizuar nga rënia e dëborës,
si të ishte një lloj turbullimi
më parë i fshehur,
që po kthjellohej,

diçka nga brendësia e natës
u bë më e qartë tani -

Në heshtjen tonë, ne bënim pyetje
për ato, që miqtë e besuar njëri-tjetrit
i drejtojnë, pas një tronditjeje të madhe,
secili duke shpresuar se tjetri di më shumë

dhe kur s'ndodh kështu, shpresojnë se
përshtypjet e shkëmbyera do t'i vlejnë intuitës.

Çfarë përfiton nëse e sforcon veten
të ndërgjegjësohet se duhet të vdesë?
A është e mundur të humbasësh vërtet dikë?

Pra, pyetje të tilla.

Bora ishte e rëndë. Nata e zezë
shndërrohej në një ajër të bardhë mbytës.

Po diç na mbeti pa zbuluar:
Ishte kuptimi i gjithë kësaj.

V

Pas të parit dimër, fusha nisi të gjallohej sërish,
por nuk kishte më brazda të rregullta.
Era e grurit ndihej ende, një lloj aromë e rastësishme,
përzier me barëra të këqija,
që njerëzit ende s'dinë përse t'i përdorin.

E çuditshme, askush nuk e dinte
ku kishte shkuar fermeri.
Disa mendonin se kish vdekur.
Dikush tha se ka një vajzë në Zelandën e Re,
e shkoi atje për të rritur
nipërit e mbesat në vend të grurit.

Natyra, ndryshe nga ne, e zbulon vetveten,
nuk ka një depo të kujtesës.
Fusha nuk frikësohet nga përbashkimi,
nga vajzat e reja. Edhe brazdat
nuk kanë kujtesë. Toka vritet, digjet,
dhe një vit më vonë gjelbërohet sërish,
sikur asgjë e pazakontë të mos ketë ndodhur.

Fermeri sheh nga dritarja.
Ndoshta në Zelandën e Re a diku tjetër
dhe mendon: "Jeta ime ka mbaruar".
Gjithë jeta e tij ishte ajo fushë,
ai nuk beson më në bërjen e diçkaje tjetër,
përtej asaj copë toke. Toka, mendon ai,
më mposhti.

E kujton ditën kur fusha u dogj,
Jo, rastësisht! - mendon.
Diçka thellë brenda vetes i flet: Mund të jetoj me këtë
ose mund të përballem pak më vonë.

Më i tmerrshmi çast - ardhja e pranverës,
pasi puna e një jete u bë shkrumb
kur e kuptoi se toka
nuk dinte të ndiente keqardhje,
kjo do kish ndryshuar gjithçka.

Ajo vazhdoi të jetojë pa të.

Shqipëroi Marsela Neni

---

*Averno/us/-i është emri i lashtë i kraterit të një vullkani pranë Komos (Itali), ku gjendet dhe një liqen i vogël. Në shoqërinë e lashtë romake besohej se Avernus ishte portë hyrëse për në përtejbotë (bota e nëndheut-Hadi) dhe është portretizuar si e tillë në veprën "Eneida" të Virgjilit.

Nga vëllimi poetik "Averno", 2006

JAKE ALLSOP

Aksidenti

Është e vështirë për mua të kujtoj pse më sollën këtu. Po, më kanë dhënë një dhomë shumë të mirë. E vogël, me një shtrat të ngushtë, një mbajtëse rrobash të futur në mur, një karrige e një tavolinë, një çezmë sipër një korite porcelani, duarlarëse, si dhe një raft të vogël librash. E vogël është, por e mjaftueshme për mua. Ka një dritare lart, ballë për ballë derës. Nëse ngrihem në majë të gishtave, mund të shoh përjashta fusha të gjelbëruara. Më ndodh nganjëherë e nuk e kuptoj pse s'mund t'i shoh fushat, edhe pse përpiqem. Në vend të tyre shquaj drita në formë pjatash, verbuese, që m'i vrasin sytë. Pothuajse gjithë kohën jam vetëm, por ndodh që vijnë t'më flasin. Ndoshta dy herë në ditë, por s'jam i sigurt, sepse e kam të vështirë të kuptoj se çfarë ore e dite është apo pse ndodhem këtu. Më bëjnë gjithmonë të njëjtat pyetje. Zërat e tyre janë të lartë e sipërfaqësorë, si cijatje minjsh. Po, tingëllojnë si cijatje minjsh. Jam mësuar tashmë me ta, dua të sillem me kujdes. Përpiqem shumë t'iu përgjigjem pyetjeve. Ata më këqyrin nga afër, ndërkohë që më marrin në pyetje. Sytë e tyre të kthjellët, të kuq, kërkojnë të mitë për t'u siguruar që po u them të vërtetën. Po cila është e vërteta? Më kujtohen çastet e frikshme para përplasjes, po aq sa ato sekonda të tmerrshme kur humba kontrollin e makinës. Më kujtohet se si u përpoqa pa shpresë t'i hapja dyert përpara ndeshjes, por s'munda. Më kujtohen rrotullimet, rënia dhe çasti kur u plandosa përtokë. Isha zënë në kurth, i shtypur prej një peshe të madhe mbi kraharor. Edhe tash i dëgjoj klithmat e mia të atyre momenteve...! Pjesa tjetër është zi, si futa!

"Kush je?", "Si quhesh?", "Pse ke ardhur këtu?". Nuk kam përgjigje për këto pyetje. Duken të mrekulluar nga trupi im. Çapiten rreth e rrotull duke më prekur krahët, më mbajnë dorën, ma shtypin lëkurën e butë me gishtat e tyre të mprehtë. Kur jam ulur, u pëlqen t'i rrasin gishtat nëpër kaçurrelat e mia të dendura, të m'i prekin faqet e veçanërisht buzët. Në fillim e urreja këtë gjë, por tash jam mësuar. S'e kam më problem. Kam kuptuar që s'duan të më shkaktojnë dhimbje. Jo, vërtet jo. Ndodh që më shtrijnë. Më lidhin në shtrat, pastaj ma shpojnë lëkurën me gjilpëra. Sinqerisht, kjo s'më pëlqen, por ja që kështu bëjnë. Ndoshta nuk synojnë të më bëjnë keq, veç të bëjnë ndonjë analizë apo provë për të kuptuar se kush jam e prej nga vij. Mendoj se jam po aq jashtëtokësor për ta, sa ç'janë ata për mua.

"Kush je?", më pyesin me zërat e mprehtë. Përpiqem me vështirësi të sjell ndonjë emër ndërmend. Çfarëdo emri. Ah, të mund ta shihja veten njëherë në pasqyrë! Nëse do shihesha, ndoshta do më kujtohej ndonjë emër. Ka një pasqyrë mbi lavaman, por, kur këqyrem në të, s'shoh asnjë reflektim. Kjo gjë më tremb. Është sikur të mos jem. Hukas mbi pasqyrë, por ajo s'vishet me avull. A s'i ngjet kjo asaj që ne përfytyrojmë për vampirët? Apo jam i vdekur? "Si e ke emrin?". Tash sapo m'u kujtuan disa emra: Xhorxh, Mari, Xhon, Elisabet... emra mbretëreshash e mbretërish të Anglisë. Po e provoj njërin prej tyre: "Xhon". Ata më shohin me qetësi, pastaj bisedojnë kokë më kokë. Njëri, që duket si përgjegjësi i tyre, kthehet përsëri pranë meje, më rri përballë e më këqyr në mënyrë akuzuese. Bën me gisht drejt gjoksit tim dhe tund kokën. Ai e di që Xhon është emër burri. Si mund të jetë emri im Xhon? Si përfundim, mendoj unë, duhet të jem grua. Femër! Interesante! Prek me duar lëkurën time të ndritshme, të zezë. Burrat janë leshtorë. Unë s'kam asnjë qime në parakrahë. Pra, jam femër! Dhe e bukur! E zeza është e bukur ! Ku e paskam dëgjuar më parë këtë gjë? Shoh edhe njëherë krahët e mi. Befas, vërej se ata s'janë të zinj, janë të bardhë. Të ashpër, të ftohtë e të bardhë. Çfarë më kanë bërë? Pse, befas, i ndjej krahët kaq të rëndë, si copa plumbi? Ndoshta më kanë droguar! Frikësohem rishtas. Dua mamin! Një klithmë e frikshme fëmijërore më jehon në vesh. Është zëri im, si i një fëmije që lyp nënën e vet.

"Emri yt nuk mund të jetë Xhon", tha më i gjati i këtyre

krijesave, që vërshëllejnë si minjtë. M'i kanë ngulur sytë e skuqur, rrezatues, e presin një shpjegim. "Të lutemi, trego të vërtetën!".

"Më vjen keq!", u thashë, "Ju keni të drejtë. Emri im s'mund të jetë Xhon... unë quhem...". Zëri më tretet në heshtje. Ah, sikur të mund të shihesha njëherë të vetme në pasqyrë. Atëherë do ta dija se kush jam. Më lanë në paqe. Pas pak u ngrita e iu afrova pasqyrës. Prapë ajo s'reflektonte kurrgjë. I kalova gishtat mbi fytyrë, duke ndjerë në bulëza gjithë ngritjet dhe uljet e saj, por më dukej aq e panjohur, sikur e prekja për herë të parë. Kontrollova edhe trupin, duke e përkëdhelur e shpuar njëlloj siç bënin ata. Iu ktheva prapë fytyrës: i kujt është ky portret? Si mund të njihet portreti i vetvetes, po trupi? Një shprehje thotë: "Njoh diçka si shuplakën e dorës". I mbyll sytë dhe prek shuplakën time. Po çfarë di unë rreth saj? Asgjë.

Filloj të mendoj për çastin e tmerrshëm përpara përplasjes. Atëherë isha në jetë. E dija se kush isha, çfarë po bëja. Isha...! Një pamje fillon të marrë formë në pasqyrë, turbullt, siç shihen pemët e largëta përmes mjegullës së mëngjesit. Ia ngul sytë si të ishte një foto e vjetër, e shlyer nga koha. Shquhet një tavolinë. Po, ja ku është. Një tavolinë e mbushur me njerëz që hanë, flasin, qeshin. Shoh një grua me një rrumbullakësi të ëmbël e të dashur, që u shërben të tjerëve. Nëna e kësaj familjeje të lumtur. Nëna ime? Nëna ime. Ngjan me ato skenat e filmave rreth jugut të thellë amerikan. Ajo sheh drejt meje e më thotë: "Mary-Jean, mos fli me sy hapur! Mbaroje pjatën!".

Unë vrapoj drejt derës, kërcas fort mbi të, që ata të më dëgjojnë. "Mary- Jean", bërtas. "Emri im është Mary-Jean!". Askush nuk vjen. Kthehem te pasqyra. S'shoh më asgjë, është bosh. Pamja e këndshme e familjes sime është zhdukur. Ku shkoi nëna? Ku jam unë, vogëlushja e hijshme Mary-Jean, me kaçurrelat e errëta e të dendura dhe sytë e mëdhenj ëndërrimtarë? Boshësia është rikthyer. Përpiqem të ulërij, nuk mundem. Me dëshpërim hidhem përmbys në shtrat e qaj deri sa të më marrë gjumi. Më vonë, shumë më vonë, jehona zërash vijnë prej larg. Zëra të fortë, jo të hollë e pëshpëritës, si të minjve, por energjikë e të sigurt. Dhe drita të bardha, rrathë të gjerë drite të bardhë që digjet brenda kapakëve të mbyllur të syve të mi. Befas ndjej se kam frikë t'i hap sytë. "Ai po vjen në vete, doktor!", dëgjoj zërin e një gruaje. U përpoqa me dëshpërim të kuptoja se ku ndodhesha. "Falemnderit, infermiere!", edhe ky ishte zë gruaje, zë i dikujt që ka përgjegjësi. Mund të ishte veç zëri i doktoreshës. Hapa sytë, pa iu frikësuar dritës. Doktoresha më mbante dorën dhe po më shihte. Munda t'i shquaj sytë blu pas skeletit të kuq të syzeve. "Mirë djalosh", tha ajo, "u shqetësuam për ju!".

"Ku kam qenë...?", munda të pëshpëritja, duke kuptuar menjëherë se qe një pyetje idiote.

"Keni qenë pa vetëdije prej disa ditësh, Xhon i dashur. Ishte një betejë, që e fituat. Përveç kësaj, i keni brinjët të thyera. Gjithsesi, gjithçka duket se do të shkojë mirë. Provoni të pushoni". Pastaj iu kthye infermieres: "Mary-Jean, bëji një qetësues, të lutem!".

Kur infermieria po afrohej me shiringën e mbushur me gjumëndjellës, dëgjova doktoreshën t'i thoshte: "Këta të rinjtë e sotshëm, me makinat e tyre të shpejta! Duhet të ketë një ligj kundër tyre!". Infermieria u përpoq të më rehatonte, aq sa mund të rehatohet një njeri i ngrirë në allçi nga koka te këmbët. Dëgjova takat e saj "tak-tak-tak" mbi dyshemenë e fortë tek po largohej, tinguj që më dhanë siguri. Fill mbrapa rashë në një gjumë të thellë.

Shqipëroi Arbër Ahmetaj

GRACE PALEY

Nëna

Një ditë, teksa dëgjoja radion, u dha një këngë: "Oh sa do të doja të shihja nënën të shfaqej në derë". Zot i madh, thashë me vete, e kuptoj shumë mirë këtë ndjesi! Shpesh kam ëndërruar që ajo të shfaqej në derë. Ç'është e vërteta, ajo qëndronte shpesh nëpër dyer duke më vështruar. Njëherë, në ditën e parë të vitit të ri, ndërsa po rrinte ashtu, me errësirën e korridorit pas shpine, më tha me një zë të trishtë: "Nëse kthehesh në shtëpi në orën katër të mëngjesit në moshën shtatëmbëdhjetëvjeçare, në çfarë ore do të kthehesh kur t'i bësh njëzetë vjet?". Ma bëri këtë pyetje pa asnjë shenjë humori apo ligësie. Ajo kishte filluar përgatitjet e ankthshme për vdekjen. Mendonte se s'do të ishte gjallë kur t'i mbushja njëzetë vjet. Ja pse brehej së brendshmi nga pyetje të tilla. Njëherë tjetër m'u shfaq në derën e dhomës. Sapo kisha përfunduar një deklaratë, ku sulmoja gjendjen e familjes në Bashkimin Sovjetik. Më tha të shkoja e të flija: "Për hatër të Zotit, e marra ime, bashkë me idetë e tua komuniste. I kemi parë ne ata, yt atë dhe unë, që më 1905-n, dhe na e mori mendja se çfarë do bënin". Ndërsa te dera e kuzhinës më pat thënë se nuk e mbaroja kurrë pjatën, se sillesha nëpër shtëpi kot së koti: "Çfarë do të ndodhë me ty?".

Dhe vdiq.

Krejt natyrshëm, për gjatë gjithë jetës sime do të ëndërroja ta shihja dhe jo veç tek shfaqej në derë, por gjithkund: në dhomën e ngrënies, të ulur me tezet, në dritare duke parë poshtë e lart në bllloqet e ndërtesave, në kopsht mes luleve, në sallon me babin. Aty rrinin shpesh, në ulëset e lëkurës. Dëgjonin Moxartin. E shihnin njëri-tjetrin si me habi. Të jepnin përshtypjen se sapo kishin zbritur nga një anije e kishin mësuar fjalët e para në anglisht. Babai dukej sikur sa kishte kaluar provimin e anatomisë me notë të lartë, ndërsa nëna si të kishte lënë fabrikën atë çast dhe ish kthyer në kuzhinë. Do doja ta shihja mamin te dera e dhomës së ndenjes. Tek qëndron aty për një minutë, pastaj ulet afër babait. Kishin një magnetofon të shtrenjtë. Po dëgjojnë Bahun. Ajo i thotë babit: "Fol me mua një çikë; ka disa kohë që flasim fare pak". "Jam i lodhur", thotë ai, "A nuk e vë re? Kam vizituar mbi tridhjetë paciente. Të gjithë të sëmurë, që flasin, flasin, flasin. Dëgjo muzikë! Me sa më kujtohet, ke pasur prirje për muzikë. Unë jam i lodhur". Pastaj, nëna vdes.

Shqipëroi Arbër Ahmetaj

JORGE LUIS BORHES

Jug

Njeriu që zbriti nga anija në Buenos Aires, më 1871-shin, quhej Johanes Dalman dhe ishte një prift i kishës ungjillore. Në vitin 1939, njëri nga nipërit e tij, Huan Dalmani, shërbeu si sekretar i bibliotekës së bashkisë në rrugën "Kordova" dhe e ndjente veten krejtësisht argjentinas. Nga linja amësore, ai kishte gjysh bash atë Fracisko Floresin, nga batalioni i vijës së dytë, që vdiq në rrethinat e Buenos Airesit prej një heshte, gjatë një përleshjeje me indigjenët e Katrielit. Nga këto linja të pangjashme, Huan Dalmani (ndoshta ka luajtur rol gjaku gjerman) zgjodhi linjën e gjyshit romantik apo të vdekjes romantike. Këllëfi me një portret të zbërdhulur dagerrotipi të një njeriu mjekrosh, shpata e vjetër, lumturia dhe guximi, ndonjëherë të dëgjuar në muzikë, vargjet e famshme të mësuara përmendësh nga poema "Martin Fierro", vitet, ngathtësia dhe karakteri i mbyllur ndikuan në zhvillimin e kreolizmit të tij të veçantë, por jo për t'u dukur. Dalmani ia doli falë njëfarë nikoqirllëku të ruante çka kishte mbetur nga prona në Jug, që u përkiste Floresëve. Në kujtesën e tij lanë gjurmë të thellë një radhë e balsamtë eukaliptesh dhe vila e trëndafiltë në të kuqërremtë, që dikur kishte qenë ngjyrë alle. Punët dhe, me gjasë, apatia, e mbanin në qytet. Çdo verë ai vetëm sa mjaftohej me ndjenjën e këndshme që e priste ajo vilë dhe sigurinë që vila e priste atje, në fushëtirë.

Në ditët e fundit të shkurtit, të vitit 1939, me të ngjau diç krejt e paparashikuar.

Fati, që është shpërfillës ndaj mëkateve, nuk i fal planet njerëzore. Atë mbrëmje, Dalmani ia doli të gjente një ekzemplar të stërpërdorur të librit "Një mijë e një net" të Vajlit. Me vrullin ngutanak për të parë librin e gjetur, nuk priti sa të mbërrinte ashensori, por hovi përpjetë shkallëve. Në errësirë, diç i gërvishti ballin – një zog, lakuriq nate? Në fytyrën e gruas që i hapi derën, ai ndeshi tmerrin; dora, të cilën ia shkoi ballit, u zhye me gjak. Qe prerë pas ndonjë tehu të mprehtë të një dere të sapolyer.

Dalmani mezi arriti të flinte, por në të zbardhur u zgjua dhe që nga ajo grimëherë realiteti iu kthye në makth. E torturonin ethet dhe ilustrimet e "Një mijë e një net" i ndriçonin vegime kllapie. Miqtë dhe farefisi shkonin ta shihnin dhe me një buzagaz të shtirur i thoshin se nuk dukej aq keq. Dalmani i dëgjonte me njëfarë habie të pafuqishme dhe tronditej përse nuk e kishte kuptuar që ndodhej në botën tjetër. Tetë ditë zgjatën sa tetë shekuj. Njëherë, mjeku që e ndiqte i erdhi me një mjek të ri dhe e shpunë në klinikën e rrugës "Ekuador", që t'i bënin një rëntgenografi. Dalmani, teksa qe shtrirë në makinën e "ndihmës së shpejtë", mendonte se në njëfarë dhome tjetër, të huaj, ai më në fund mund t'i harronte të gjitha. U ndje papritmas i gëzuar dhe deshi të kuvendonte. Me të arritur në spital ia hoqën rrobat, i rruajtën kokën, e mbërthyen me kllapa në një tavolinë, ia ndriçuan bebëzat me diçka deri në verbim e ligështi, i ngjeshën veshin ta dëgjonin nga brenda dhe mandej, një njeri me maskë i nguli në dorë një shiringë.

Ai u zgjua me provokime të vjellash, me kokën e fashuar e të mbështjellë, në njëfarë pavijoni, që i ngjante një pusi dhe për gjatë gjithë ditë-netëve pas operacionit e kuptoi se deri atë çast qe gjendur në prag të Hadit. Akulli nuk i linte në gojë as ndjesinë më të vogël të freskisë. Ato ditë, Dalmani u mbush me urrejtje ndaj vetvetes; i urreu nevojat e tij trupore, poshtërimin, furçën e qimeve të fytyrës, që i shponte lëkurën. Dalmani i duroi me stoicizëm procedurat tepër të shpifura, por, me të marrë vesh prej kirurgut se për pak sa s'kishte vdekur nga infeksioni i gjakut, u shkreh në ngashërim nga keqardhja për veten. Vuajtjet fizike dhe pritja e përhershme e netëve të tmerrshme nuk i jepnin rend të mendonte për gjësende të tilla abstrakte, si vdekja. Por ja që kirurgu tha se ai po e merrte veten dhe së shpejti mund të dilte e ta vazhdonte shërimin në vilën e tij. E pabesueshme, por dita e premtuar erdhi.

Realitetit i pëlqen simetria dhe dofarë anakronizmash; Dalmani u nxor nga spitali me një kaloshinë të paguar dhe kaloshina me qira e shpuri në stacion, në sheshin "Konstitusion". Freskia e parë e vjeshtës, pas zhegut të verës, iu duk simbol i fatit të tij, që vuri poshtë vapën dhe vdekjen. Në orën shtatë të mëngjesit, qyteti ruante ende fizionominë e një shtëpie të vjetër, të cilën ia kishte lënë nata; rrugët të çonin ndërmend korridoret e gjata, ndërsa sheshet - oborrthet. Dalmani i njohu, teksa ndjente një lumturi e marramendje të lehtë; pak më herët se t'i dilnin parasysh, në kujtesë ia behën kryqëzimet, shtyllat me afishe, konturet e çiltra të Buenos Airesit. Nën dritën e verdhë të ditës që po hapej, ndjeu se të gjitha këto po ktheheshin tek ai.

Të gjithë e dinë që Jugu nis nga ajo anë e rrugës "Rivadavia". Dalmani pëlqente të përsëriste se kjo nuk ishte thjesht një frazë dhe se, me të kapërcyer rrugën, gjendeshe në një botë më të vjetër e më të sigurt. Përgjatë rrugës kërkonte me sy midis godinave të reja herë ndonjë dritare me hekura të kryqëzuar, herë ndonjë portë me dorezë, një hark mbi derë, një treme, një oborr të shurdhër.

Në hollin e stacionit zbuloi se kishte dhe gjysmë ore kohë deri sa të mbërrinte treni. Iu kujtua befas se në kafenenë e rrugës "Brazil" (pranë shtëpisë së Irigojenit) jetonte një maçok i madh, i cili të lejonte ta përkëdhelje, mu si një hyjni fodulle. Ai hyri. Maçoku qe shtrirë aty, po flinte. Dalmani porositi një filxhan kafe (kjo kënaqësi i qe ndaluar në klinikë), i hodhi pa nguti sheqerin, e provoi dhe mendoi, duke shkuar dorën mbi lëkurën e zezë të maçit, se sa iluzor ishte ky komunikim, ngase ata janë të ndarë si me një qelq, përderisa njeriu jeton në kohë, në një radhë ngjarjesh, ndërsa kafsha përrallore – në një kohë të përminutshme, në përjetësinë e grimëçastit.

Gjithë gjatësinë e peronit të parafundit e zuri treni. Teksa i parakaluan disa vagonë, Dalmani zgjodhi njërin sosh, pothuajse të zbrazët. Vuri valixhen në raft. Kur treni u nis, ai e hapi valixhen dhe nxori, duke u lëkundur, vëllimin e parë të "Një mijë e një net". Vendimi për ta marrë me vete librin, që aq shumë lidhej me fatkeqësitë e tij, i pati shërbyer si shenjë që ato kaluan; ishte një vendim gazmor në thirrjen e fshehtë të forcave të përbetuara të së keqes.

Nëpër dy krahët e rrugës, qyteti u shkërmoq në rrethina; kjo pamje e mandej kopshtijet dhe vilat e drunjta nuk e linin Dalmanin të fillonte leximin. Ai përpiqej të lexonte, por më kot; mali prej magneti dhe xhindi që betohej se do ta vriste bamirësin e tij ishin, padyshim, magjikë, por jo aq sa ky mëngjes dhe vetë ekzistenca. Lumturia nuk po e linte të përqendrohej te Sheherezadja me mrekullitë e saj të kota. Dalmani e mbylli librin dhe u mjaftua thjesht të jetonte.

Dreka (me bulon, që e shërbenin në tasa prej metali të shndritshëm, si në ditët e largëta të pushimeve) i solli edhe një kënaqësi tjetër të qetë, që i zgjoi mirënjohje.

"Nesër do të zgjohem në vilën e pronës sime", mendoi; e ndjeu veten si të ishte njëkohësisht dy njerëz: njëri ecte përpara nëpër këtë ditë vjeshtake dhe nëpër viset e shtrenjta, tjetri duronte fyerjet poshtëruese, duke bujtur në një robëri të sajuar mjeshtërisht. Para tij vizllonin shtëpi qerpiçi të pasuvatuara, gjatoshe, me kënde të shumta, që vështronin përjetësisht trenat që ngarendnin, ndeshte tej dritareve kalorës në rrugë të pashtruara, këmbeheshin hendeqe e shkarrëzima, liqene dhe tufa bagëtish, pluskonin shirita të gjatë resh shkëlqyese, që dukeshin të mermerta, dhe e gjitha kjo lindte nuk dihej se nga dhe ngjante me një ëndërr që i shtirej luginës. Të mbjellat dhe pemët i dukeshin të njohura, anipse emërtimet e tyre nuk i kujtoheshin, ngase përfytyrimi i tij mbi jetën e fshatit ishte kryesisht nostalgjik dhe letrar.

Nganjëherë dremiste dhe në ëndrra ndjehej lëvizja e trenit. Dielli i bardhë verbues i mesditës u bë i verdhë, i muzgët dhe po rrekej të bëhej i kuq. Vagoni gjithashtu nuk ishte më ai i pari, si në stacionin "Konstitusion", kur ai u largua nga peroni: lugina dhe koha, duke kaluar përmes vagonit, e kishin shndërruar atë. Ngjitur me muret e trenit vraponte hija e tij, duke u zgjatur në horizont. Toka e pacenuar nuk qe prekur as nga ngulimet, as me të tjera gjurmë të pranisë së njeriut. Gjithçka qe e madhe, por në të njëjtën kohë e afërt dhe disi e mistershme. Në hapësirat e parrokshme mund të vëreje nganjëherë ndonjë dem. Vetmia ishte e plotë dhe, me gjasë, armiqësore, ndërsa Dalmanin e kaploi ndjenja se ai po udhëtonte jo vetëm në Jug, por edhe në të shkuarën. Nga ky hamendësim fantastik e shkundi kontrollori, i cili, me të parë biletën, paralajmëroi se treni do të ndalonte jo atje ku ndalonte zakonisht, por në një stacion më parë, mezi të njohur për Dalmanin. (Kontrollori u lëshua në ca shpjegime, të cilat Dalmani nuk u përpoq as t'i kuptonte, as t'i dëgjonte deri në fund, ngase nuk i interesonte mekanizmi i dukurisë.)

Treni u ndal me vështirësi, pothuajse midis fushës. Në anën tjetër të rrugës shtrihej një stacion: një peron, një almasen dhe mezi edhe diç tjetër. Asnjë kaloshinë nuk gjendej aty, por shefi i stacionit u shpreh se mund ta gjente në almasenin që ndodhej rreth një kilometër-një kilometër e gjysmë më tej.

Dalmani e konsideroi atë rrugë si një aventurë të vogël. Dielli tashmë kish perënduar, veçse reflekset e tij të fundit ndriçonin luginën e fashitur, por plot jetë, para se të binte nata. Dalmani ecte prajshëm. Ai nuk druhej se lodhej, por thjesht donte të shijonte gëzimin e shëtitjes. Përreth kundërmonte tërfil dhe e ndjente veten krejtësisht të lumtur.

Dikur, almaseni kish qenë i lyer me ngjyrë bojëgjake, por vitet e zbutën me një ngjyrë më të zbërdhylët. Diç i ndërmendte Dalmanit arkitektura e vobektë e asaj godine, me gjasë, nga një botim i vjetër i "Poli dhe Virxhinia". Në oborr qenë lidhur disa kuaj. Teksa hynte, Dalmani mendoi se i zoti i hanit e njihte, mandej e kuptoi se e kishte turbulluar ngjashmëria e tij e madhe me një nga infermierët e spitalit. Me ta dëgjuar se si qëndronte puna, pronari i premtoi t'i bënte gati një shtrat; që ta pasuronte atë ditë edhe me një tjetër ndjesi dhe që të shkurtonte kohën, Dalmani vendosi të hante darkë po aty.

Në njërën prej tavolinave hanin e pinin zhurmshëm disa rioshë fshati, të cilëve, në fillim, Dalmani nuk u kushtoi vëmendje. Në dysheme, ndanë një rafti, qëndronte i kruspullosur, pa asnjë shenjë jete, një plak i moçëm. Vitet e gjata e kishin ligur dhe lëmuar, ashtu si rrjedha e ujit gurin apo si brezat njerëzorë mendimin e urtë. Ishte i zeshkët, shtatshkurtër dhe i thatë, sa dukej se bunte jashtë sinorëve të kohës, në amshim. Dalmani ajgëtoi me kënaqësi shallin e kokës, pelerinën e shajaktë, çiripat e gjatë, çizmet prej lëkure mëzi të bëra me dorë dhe i ranë ndërmend kuvendime kotnasikoti me banorët e rajoneve të Veriut apo në Etre Rios, se të tillë gauço tanimë nuk kishe ku i gjeje kund tjetër përveçse në Jug.

Dalmani u vendua pranë dritares. Errësira e kaploi fushëtirën, por ende erëmimet dhe zhurmat përshkonin shufrat e hekurta të dritares. Pronari i solli sardele e mandej mish të pjekur. Dalmani i shoqëroi hajet me verë të kuqe. Duke ndjerë në gojë kënaqësinë e shijes së athët, ai i hodhi një vështrim të ngathët krejt ambientit. Në një çengel varej llamba e vajgurit. Klientët e tryezës tjetër ishin tre: dy ishin të ngjashëm me peonët e fermave, një i tretë, me tipare të vrazhda, paksa mongoloide, po pinte, pa e hequr kapelën. Befas Dalmani ndjeu se diç e lehtë e goditi në faqe. Afër me gotën prej qelqi, me ngjyrë të zakonshme jeshileje të turbullt, në njërën prej vijave të sofrabezit, prehej një topth prej tuli buke. Gjithqysh aq, por dikush pati gjuajtur me të.

Ata që rrinin në tryezën fqinje shtireshin sikur nuk kishin farë lidhjeje me atë punë. I pështjelluar, Dalmani vendosi të hiqej sikur asgjë nuk ndodhi dhe hapi vëllimin "Një mijë e një net", mu sikur të përpiqej të gardhohej nga realiteti. Pas disa minutash mbi të ra një tjetër topth dhe kësaj here peonët u gajasën. Dalmani i tha vetes se nuk kishte frikë dhe se do ish marrëzi që, ende pa e marrë veten si duhej, ta linte veten t'i hynte një rrahjeje të dyshimtë. Ai u bë gati të ngrihej dhe qe ngritur tashmë në këmbë, kur u avit pronari dhe me një zë të alarmuar nisi ta qetësonte:

- Senjor Dalman, mos u kushtoni vëmendje këtyre të rinjve, ata e tepruan pak.

Dalmanit nuk iu duk e çuditshme që ai njeri e thërriste në emër, por ndjeu se fjalët e pajtimit veçse e përkeqësuan punën. Nga ai moment, ajo shaka budallaqe e peonëve mori më qafë një njeri të rastësishëm, në thelb, askushi, por tanimë sulmi ishte drejtuar kundër tij personalisht dhe këtë gjë tashmë mund ta merrnin vesh komshinjtë.

Dalmani shmangu mënjanë pronarin, u kthye nga peonët dhe i pyeti se çfarë kishin.

Djaloshi me sy të ngushtë e të vëngërt u ngrit, marrakëmbas. Duke qëndruar dy hapa larg Dalmanit, sokëlliu të shara, mu sikur të trembej se mos ai nuk dëgjonte. Donte të dukej edhe më i dehur se ç'qe në të vërtetë dhe në këtë gjë fshihej mizoria dhe tallja. Pa pushuar së derdhuri të shara e fyerje, ai hodhi përpjetë në ajër një kamë të gjatë, duke e ndjekur me sy, e kapi atë në fluturim dhe i kërkoi Dalmanit të thereshin. Pronari, me një zë të dridhur, këmbënguli se Dalmani ishte i paarmatosur. Në atë çast ngjau diç e paparashikuar.

I ngrirë në një qoshk, gauçoja i vjetër, që Dalmanit i qe dukur si simboli i Jugut (Jugut të tij), i hodhi ndër këmbë një kamë. Mu sikur vetë Jugu vendosi që Dalmani duhej ta pranonte sfidën. Teksa përkulej të ngrinte kamën, ai kuptoi dy gjëra. E para: që ai gjest pothuaj instinktiv e ngarkonte paprapësueshëm të përleshej. E dyta: që arma në duart e tij të pastërvitura do t'i shërbente jo për t'u mbrojtur, por për të përligjur vdekjen e vet. Ai ndonjëherë dhe qe argëtuar me thikën, si çdo burrë, por as që dinte ta përdorte; dinte vetëm që goditja jepej nga poshtë-lart dhe pikërisht midis brinjëve. "Mjekët nuk do të më kishin këshilluar të merresha me këso punësh", mendoi ai.

- Dalim në oborr, - i tha djaloshi.

Ata iu drejtuan daljes dhe nëse Dalmani nuk kishte asnjë shpresë, nuk kishte as frikë. Duke kapërcyer pragun, ndjeu se të vdiste në një dyluftim thikash nën qiellin e hapur do të kishte qenë, sa hap e mbyll sytë, një çlirim për të, lumturi dhe festë, atëherë, në natën e parë në spital, kur i patën ngulur majën e shiringës. Ndjeu që po të kishte pasur mundësi atëherë apo ta mendonte vdekjen e vet, pikërisht një vdekje të tillë do të kishte zgjedhur apo menduar.

Dalmani shtrëngon fort thikën, të cilën zor se do të dijë ta përdorë, dhe del në luginë.

Shqipëroi Agron TUFA

AGRON TUFA

Tregimi i Horhe Luis Borhesit, "Jug": variante interpretimi

Horhe Luis Borhes (1899-1986) është shkrimtar i madh argjentinas e i përbotshëm; poet, eseist, autor i disa vëllimeve me tregime. Tregimi "Jug" është i fundit nga libri "Histori imagjinare" (1944), ku janë përfshirë kryevepra të tilla të Borhesit, si: "Tlön, Uqbar, Orbis Tercius", "Pjer Menar, autor i "Don Kishotit", "Kopshti i rrugëve që bigëzohen". Tregimi shfrytëzon materialin autobiografik.

Kur Borhesi jetonte në Paris, në vitet '30, punonte si bibliotekar dhe bashkëpunonte me revistat avangardiste. Aso kohe i ngjau një fatkeqësi: vrau fort kokën dhe i nisi infeksioni i gjakut. Për pak sa s'vdiq dhe nga ai çast nisi procesi i pakthyeshëm i verbimit. Ky episod i vitit 1938 u bë vendimtar që Borhesi t'i kthehej shkrimtarisë profesioniste dhe kjo gjë pjesërisht është pasqyruar në tregimin "Jug".

Është një tregim i shkurtër lakonik. Heroi i tij kryesor, Huan Dalmani, drejton bibliotekën e bashkisë në Buenos Aires. Një vilë romantike, të cilën e trashëgoi nga gjyshi i tij gjerman, e shndërron në objekt pasioni për atdheun e tij - Argjentinën. Mishërim i kreolizmit, krenarisë kombëtare, bëhet për të një fermë me një vilë në jug të vendit, trashëguar nga e ëma:

"... në kujtesën e tij lanë gjurmë të thellë një radhë e balsamtë eukalipteshs dhe vila e trëndafiltë në të kuqërremtë, që dikur kishte qenë ngjyrë alle. Punët dhe, me gjasë, apatia, e mbanin në qytet. Çdo verë vetëm sa mjaftohej me ndjenjën e këndshme që e priste ajo vilë dhe sigurinë që vila e priste atje, në fushëtirë. Në ditët e fundit të shkurtit të vitit 1939, me të ngjau diç krejt e paparashikuar".

Me të gjetur botimin e dëshiruar prej shumë kohësh të "Një

mijë e një net", Dalmani i paduruar nuk priti derisa të vinte ashensori në tremenë e errët të vilës së tij, por nisi të ngjitej vrulltaz përpjetë shkallëve. Në errësirë diç ia gërvishti ballin, mandej me ballin e përgjakur ai goditi flegrën e sapolyer të derës.

"Dalmani mezi arriti të flejë, por në të zbardhur u zgjua dhe nga ajo grimëherë realiteti iu kthye në makth. E torturonin ethet dhe ilustrimet e "Një mijë e një net" i ndriçonin vegime kllapie. Miqtë dhe farefisi shkonin ta shihnin dhe me një buzagaz të shtirur i thoshin se nuk dukej keq. Dalmani i dëgjonte me njëfarë habie të pafuqishme dhe tronditej se përse nuk e kish kuptuar që ndodhet në botën tjetër. Tetë ditë zgjatën sa tetë shekuj. Njëherë, mjeku që e ndiqte i shkoi me një mjek të ri dhe e shpunë në klinikën e rrugës "Ekuador", që t'i bënin një rëntgenografi. Dalmani, teksa qe shtrirë në makinën e "ndihmës së shpejtë", mendonte se, në njëfarë dhome tjetër, të huaj, ai më në fund mund t'i harronte të gjitha. U ndje papritmas i gëzuar dhe deshi të kuvendonte. Me të arritur në spital, ia hoqën rrobat, i rruajtën kokën, e mbërthyen me kllapa në një tavolinë, ia ndriçuan bebëzat me diçka deri në verbim e ligështi, i ngjeshën veshin ta dëgjonin brenda tij dhe mandej një njeri me maskë i nguli në dorë një shiringë".

Gjithë ky përshkrim riprodhon me saktësi vetëm tablonë klinike të infektimit të gjakut dhe operacionin e domosdoshëm me këtë rast. Le ta përqendrojmë vëmendjen në faktin se si autori nuk e vë theksin në gjendjen kllapitëse të të sëmurit; fjalët e tij, që Dalmani gjendet në "botën tjetër", merren si një metaforë e rëndomtë e vuajtjeve fizike. Rrjedha e sëmundjes është dhënë përmes perceptimit të të sëmurit, lexuesi mësohet me faktin që bota i serviret (kallëzohet) me sytë e heroit të tregimit dhe se ai në gjendje etheje nuk është i aftë ta vlerësojë objektivisht gjendjen e tij. Vërejmë që antibiotikët, të cilët vrasin viruset e infeksionit, kanë qenë zbuluar më vonë – në vitin 1939 diagnoza "sepsis" (deri më tash ajo nuk emërtohet në tregim) zakonisht nënkuptonte vdekjen. Por rrëfimi nuk shkëputet, vazhdon madje pa paragraf dhe momenti i zanafillës së lojës me lexuesin nuk diferencohet aspak në tekst:

"Ai u zgjua me provokime të vjellash (detaj realistik – sapo njeriu vjen në vete nga dalja e narkozës), me kokën e fashuar e të mbështjellë në njëfarë dhome, që i ngjante një pusi", (nga njëra anë, heroi kështu mund ta perceptojë pavionin pas operacionit, nga ana tjetër, ka dëshmi të shumta që kalimi nga jeta në vdekje përjetohet nga vetëdija e njeriut si një lëvizje nëpër njëfarë tuneli apo pusi) "dhe në ditët e netët pas operimit ai kuptoi se deri më tash kishte bujtur vetëm në pragun e Hadit. Akulli nuk i linte në gojë as ndjesinë më të vogël të freskisë".

Vijojnë përshkrimet e vuajtjeve të pas-operimit, të cilat "e shmangnin të sëmurin nga mendimi mbi një objekt abstrakt si vdekja". Por lexuesi i vëmendshëm, duke vazhduar të ndjekë ngjarjet e mëpasme në jetën e Dalmanit, e ka parasysh tashmë faktin që në të vërtetë heroi ka vdekur qysh në faqen e dytë të tregimit dhe atëherë i gjithë rrëfimi i mëpasëm ngjyroset me ngjyrat e çuditshme të botës tjetër.

Dalmani niset të kthehet në vilën e tij që të përtërijë fuqitë. Gjer në stacion, atë e shpie makina e "ndihmës së shpejtë"; duke u larguar nga kryeqyteti për në jug, ai ndjen që "po hyn në njëfarë bote më të vjetër dhe më të fortë". Në kontekstin e përuljes së tij para moralit të ashpër të jugut pastoral, të paprekur nga civilizimi, këto fjalë tingëllojnë si një vlerësim i kulluar etik, por nëse lexuesi e lejon mundësinë e vdekjes së heroit gjatë operimit, atëherë "një botë më e vjetër" përfton domethënie akoma më të gjerë të kthimit në zanafillë – çka mund të jetë kthim andej prej nga vijmë ne të gjithë, kthim në "mosqenësi". Po ajo dyfishësi (ambiguitet) e bashkëshoqëron krejt udhëtimin e tij në tren. Në rrugëtim ai lexon po atë libër që u bë shkak i fatkeqësisë së tij, "Një mijë e një net", por bota që kalon me shpejtësi në retrospektivë tej dritareve të vagonit është edhe më përrallore, më magjepsëse se çdo përrallë. Motivimi realistik i kënaqësisë së tij gjatë kohës së udhëtimit është kthimi në jetë i atij që po shërohet. Ai sodit pamjet që vizllojnë dhe "gjithçka i dukej irreale, mu si ëndrrat në stepë.

I njohu dhe drurët, dhe drithërat, por nuk arrinte t'ia qëllonte si quheshin...". Udhëtimi ngjet mu si në gjumë dhe nga dobësia Dalmani hera-herës kotet. Autori e ndërton përshkrimin e këtij peisazhi në atë mënyrë që sa më tutje bën treni për në jug, aq më fort rritet ndjesia e irrealitetit të ngjarjeve, mu sikur gjithçka që ai sheh, është e njëkohshme dhe në kontrast me mbresat e tij të sëmura, dhe i thellon këto gjendje.

Treni nuk ndalon në stacionin që i duhet Dalmanit, por më para; ai është i shtrënguar të zbresë dhe që të mbërrijë deri në vend, i duhet të marrë një kalë me pagesë në hanin e fshatit, i zoti i të cilit ngjan çuditërisht me njërin nga infermierët e spitalit. Dalmani vendos të hajë darkë në tavernën e këtij hani, i cili i duket mishërim i përfytyrimeve të tij mbi pastërtinë e moralit patriarkal të jugut. Tregimi rrokulliset me shpejtësi drejt zgjidhjes.

"Në njërën prej tavolinave hanin e pinin zhurmshëm disa rioshë fshati, të cilëve në fillim Dalmani nuk u kushtoi vëmendje. Në dysheme, ndanë një rafti, qëndronte i kruspullosur, pa asnjë shenjë jete, një plak i moçëm. Vitet e gjata e kishin ligur dhe lëmuar, ashtu si rrjedha e ujit – gurin apo si brezat njerëzorë – mendimin e urtë. Ishte i zeshkët, shtatshkurtër dhe i thatë, sa të dukej se po bunte jashtë sinoreve të kohës, në amshim". [Plaku si shenjë e përjetësisë (amshimit) – dhe metafora e zakonshme, që në kontekstin e tregimit del si emisar i dërguar i botës tjetër, ngase përjetësia mund të jetë dhe jeta e përjetshme, por dhe mosqenësi e përjetshme.] "Dalmani ajgëtoi me kënaqësi shallin e kokës, pelerinën e shajaktë, çiripat e gjatë, çizmet prej lëkure mëzi të bëra me dorë dhe i ranë ndërmend kuvendime kotnasikoti me banorët e rajoneve të Veriut apo në Etre Rios, se të tillë gauço tanimë nuk kishe ku i gjeje kund tjetër përveçse në Jug". [Detajet etnografike të kostumit i shkojnë për hosh zemrës së Dalmanit.]

Dhe kur peonët me fytyra të vrazhdëta në trapezën fqinje fillojnë ta gjuajnë me toptha buke dhe të gajasen, duke provokuar haptazi sherr, reagimi i parë i inteligjentit Dalman është të bëjë sikur nuk ka ndodhur asgjë: "Dalmani tha me vete se nuk kish frikë, por do të kishte qenë marrëzi të rrihej në një sherr të paarsyeshëm me të panjohur, kur sapo kishte dalë nga spitali". Ai përpiqej të vepronte në mënyrë racionale, por situata degradon si në një ëndërr të keqe. Peonët e shajnë dhe i kërkojnë Dalmanit, emri i të cilit për ta dalka i njohur (Prej nga vallë? Tanimë heroi nuk mund t'i injorojë fyerjet e tyre, ngase prekin direkt nderin e tij), të theren jashtë me thika. I zoti i tavernës vëren me një zë të dridhur se Dalmani nuk ka armë. Dhe këtu, në tregim, për herë të dytë tingëllon po ajo frazë, me të cilën pati nisur përshkrimi i fatkeqësisë së Dalmanit: "Dhe në atë grimëkohë ngjau e paparashikueshmja". I paparashikueshëm në rastin e parë ishte infeksioni i gjakut e mbase dhe vdekja; në dobi të frazës së dytë flet dhe fakti që në këtë rast, po ajo frazë prin episodin e zënkës me thika, e cila nuk mund të mbaronte ndryshe, përveçse me vdekjen e heroit:

"I ngrirë në një qoshk, gauçoja i vjetër që Dalmanit i qe dukur si simboli i Jugut (Jugut të tij), i hodhi ndër këmbë një kamë. Mu sikur vetë Jugu vendosi që Dalmani duhet ta pranonte sfidën. Teksa përkulej të ngrinte kamën, ai kuptoi dy gjëra. E para – që ky gjest pothuaj instinktiv e ngarkonte atë paprapësueshëm të përleshej. E dyta – që kjo armë në duart e tij të pastërvitura do t'i shërbente jo për t'u mbrojtur, po për të përligjur vdekjen e vet. Ai ndonjëherë dhe qe argëtuar me thikën, si çdo burrë, por as që dinte ta përdorte atë armë; dinte vetëm që goditja jepej nga poshtë-lart dhe pikërisht midis brinjëve. "Mjekët nuk do të më kishin këshilluar të merresha me këso punësh", mendoi ai.

- Dalim në oborr, - i tha djaloshi.

Ata iu drejtuan daljes dhe nëse Dalmani nuk kishte asnjë shpresë, nuk kishte as frikë. Duke kapërcyer pragun, ndjeu se të vdiste në një dyluftim thikash nën qiellin e hapur, do të kishte qenë, sa hap e mbyll sytë, një çlirim për të, lumturi dhe festë atëherë, në natën e parë në spital, kur i patën ngulur majën e shiringës. Ndjeu që po të kishte pasur mundësi atëherë apo ta mendonte vdekjen e vet, pikërisht një vdekje të tillë do të kishte zgjedhur apo menduar.

Dalmani shtrëngon fort thikën, të cilën zor se do të dijë ta përdorë, dhe del në luginë".

Kjo finale e tregimit është po ashtu e hapur për një liri interpretimi, sikundërse i gjithë shtjellimi i syzhetit (subjektit) të mëparshëm. Ja pra, ajo, vdekja e zgjedhur nga heroi – jo në shtratin e dergjjes në spital, por në përputhje me përfytyrimet e tij, si duhet të vdesë një burrë i vërtetë. Në çfarë raportesh gjendjet kjo vdekje finale e heroit kundrejt vdekjes së parë? Ta pret mendja, prej një leximi realist të tregimit, kjo vdekje e Dalmanit në "duel" (por që në thelb është një sherr të dehurish) të duket një rastësi absurde. Por nëse lejojmë që "vdekja e parë" ka ngjarë në tryezën e operimit, atëherë vdekja në finalen e tregimit është jo vetëm një tablo deliri (jermie), që në fund të fundit përparon me shuarjen e vetëdijes, por edhe konfirmim i zgjedhjes së lirë të heroit. Se sa e lirë është kjo zgjedhje, se sa e paracaktuar është kjo prej fatit, kjo është një çështje tjetër; në një mënyrë a në një tjetër, heroi në finale e pranon vdekjen e pashmangshme, por ia vlen ta mprehim vëmendjen në ndryshimin e beftë të kohës gramatikore të rrëfimit në paragrafin e fundit: nga rrëfimi në kohën e shkuar autori kalon në kohën e tashme, që do të thotë, pika në këtë histori nuk është vënë, heroi "del në fushë të hapur".

I lëmë mënjanë problemet që lindin gjatë leximit tekstual të tregimit (problemin romantik të konfrontimit të përfytyrimit ideal që ka heroi për Jugun me realitetin, problemin e vetëdijes patriarkale në variantin e tij amerikanojugor, "maçizmin", problemin e natyrës dhe kulturës). Tashmë akcenti i tyre i pazakontë i jep tregimit "Jug" interes. Por nga pikëpamja e parimeve të rrëfimit postmodernist, në plan të parë duhet të dalë në pah shumësia e ndërkallur e leximeve në tregim. Në lidhje me shumë vepra postmoderniste është e pamundur t'i japësh përgjigje të qartë pyetjes: "Çfarë ngjet në tekstin e dhënë?". Çdo lexues përfshihet në një lojë të veçantë për t'ia qëlluar kuptimit të asaj që ndodh, madje jo në nivelin e karakteristikave psikologjike të heronjve, por, sikundërse e shohim këtë demonstrativisht në shembullin e tregimit "Jug", nuk ia qëllon tashmë as në nivelin syzhetor.

www.ingramcontent.com/pod-product-compliance
Lightning Source LLC
LaVergne TN
LVHW011046100526
838202LV00078B/3332